親王殿下のパティシエール❸

紫禁城のフランス人

篠原悠希

ハルキ文庫

角川春樹事務所

本書はハルキ文庫の書き下ろし作品です。

目次

1791年当時の、愛新覚羅永璘周辺の系図と登場人物

鈕祜祿《ニオフル》氏和珅《ヘシェン》
軍機大臣

惇妃（45歳）

乾隆帝

令懿皇貴妃《れいいこうきひ》魏佳氏（没）

淑嘉皇貴妃金佳氏（没）

豊紳殷徳《フェンシェンインドゥ》（字・天爵）

十皇女・固倫公主
和孝（16歳）

庶福晋張佳氏
娘

側福晋劉佳氏

嫡福晋鈕祜祿氏紅蘭《こうらん》

養母・穎妃（60歳）

第十七皇子
慶貝勒《ベイレ》永璘《えいりん》（25歳）

第十五皇子
嘉親王永琰《えいえん》（31歳）

第十一皇子
成親王永瑆《えいせい》（39歳）

第八皇子
儀郡王永璇《えいせん》（45歳）

慶貝勒府

厨房（膳房）
李膳房長

点心局
局長・高厨師
第二厨師・王厨師
厨師助手・燕児
徒弟・李二
徒弟・李三

救世主教堂（北堂）
宣教師・アミヨー

永璘の側近
永璘の近侍太監・黄丹
侍衛・何雨林《かうりん》（永璘の護衛）
書童・鄭凜華（永璘の秘書兼書記）

マリーの同室下女
小菊（18歳）倒座房清掃係
小杏（18歳）同上
小蓮（16歳）厨房皿洗い

杏花庵
マリー

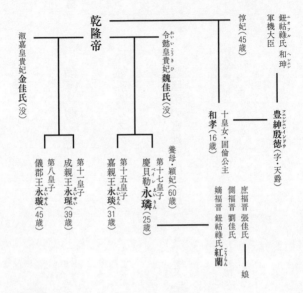

第一話

菓子工房の杏花庵と千客万来

西暦一七九一年　乾隆五六年　春
北京内城　永璘宅

菓子職人見習いのマリーと、和孝公主《わこうこうしゅ》

華人を母に、菓子職人であったフランス人を父に持つマリー・フランシーヌ・趙《ちょう》・ブランシュが、海を渡って大清《だいしん》帝国の首都北京《ペキン》に移り住み、乾隆帝《けんりゅうてい》の第十七皇子、愛新覚羅《あいしんかくら》永《えい》璘《りん》の邸宅である慶貝勒《けいベイレ》府《ふ》に勤めてまもなく半年になる。

西洋と清国の暦《こよみ》には一ヶ月のずれがあるので、年の暮れに十二月が繰り返したことを数えれば、正しくはとっくに半年以上は経過した計算になるのだが、マリーにはどうもぴんとこない。日数のずれを、頭でも体でも感覚的に理解できていないのと、季節の巡りに微妙な違いがあるせいだろう。

冬の間は晴天に恵まれる北京だが、気温は低く乾燥し、屋内にいても骨を嚙《か》むような冷気に悩まされる。それもこのごろは過ごしやすくなってきたものの、代わりに空模様のはっきりしない薄曇《うすぐも》りの日が増えてきた。

「雲ではないわ。あれは春霞《はるがすみ》。黄砂《こうさ》が近づいているのよ」

慶貝勒府の広い庭園にポツンと建つお菓子工房『杏花庵《きょうかあん》』の前庭で、マリーとその日にふたりで作った洋菓子と紅茶を楽しんでいた大清帝国の第十皇女和孝公主《わこうこうしゅ》が、薄黄色い西

の空を指して説明した。

「春になると、甘粛《かんしゅく》や蒙古《もうこ》の戈壁《ゴビ》砂漠と黄土《おうど》高原から季節の風に乗って黄砂が飛んでくるの。華北《かほく》には春のあいだじゅう細かな砂が降り注ぐから、朝に掃除しても午後にはうっすらと砂が積もっているのよ。窓を開けていると床にも卓にも砂や埃《ほこり》が溜まって、憂鬱《ゆううつ》な季節」

「砂が、空から降ってくるんですか。雨みたいに？」

マリーはその、虹彩のふちが緑がかった榛《はしばみ》色の瞳が、ぐるりと見えるほどまぶたを上げて目を瞠《みは》り、驚きの声を上げた。

砂が風に乗って空を飛び、別の場所に降ってくる。

海辺の砂浜しか知らないマリーは、あのざらざらとした砂が鳥のように空まで舞い上がり、雨や雪のように降ってくるところなど想像できなかった。しかし、雨ではないものが空から降ってくることは稀《まれ》にあるようで、魚や動物が降ってくる怪雨の話は、マリーも聞いたことがある。伝説やお伽噺《とぎばなし》とは限らず、実話だと主張する年寄りや、その目で見たと力説する旅行者もいた。

怪雨はまったくもって謎な現象ではあるが、魚の雨などは、海で竜巻に巻き込まれた魚群が内陸まで飛ばされたのでは、と自然科学者は仮説を立てている。頭のいい人間がそう言っているのだから、たぶんそうなのだろう。ゆえに、砂漠で竜巻が起きれば、砂も空まで巻き上げられて、風に乗って遠くまで飛んでいくことはあるのかもしれない。

そう思ったマリーは和孝公主に訊《たず》ねた。

「砂漠でも、竜巻が起きたりするわけでしょうか」

カリンのジャムを煮詰めて固めたタルトをかじりながら、よくわからない、といった表情で和孝公主は首をかしげる。

「砂塵《さじん》の嵐が原因とは聞いているけど、竜巻も起きるかもねぇ。黄河《こうが》の上流にある黄土高原は、西から東まで四千里も黄土に覆《おお》われているそうよ。その黄土は何度も臼《うす》で挽《ひ》いた小麦粉のように細かい砂粒でできていて、ちょっとした風で舞い上がるのですって。お兄さまに聞いた話では、黄土高原よりもさらに千里は離れた西の新疆《しんきょう》にも大きな砂漠があって、そこからも砂塵が飛んで来るらしいわ」

「お詳しいですね」

マリーは和孝の博識に感心した。

もっとも、清国皇室の公主は、政略のためにほぼ例外なく蒙古や西域の異民族の王家に降嫁《こうか》させせられるので、和孝公主が若いうちから甘粛や蒙古の事情に通じているのは、驚くことではない。

皇女の見本のように上品な美貌《びぼう》に恵まれているだけでなく、和孝公主は男子に劣《おと》らず弓も乗馬もこなし、学問も修《おさ》めている。乾隆帝に『この公主が男子であれば皇太子に据えたものを』と嘆《なげ》かせたほど聡明な女性であった。

「四千里と千里で五千里の砂漠ですか。ええと一里がおおよそ五百メートルだから——五百メートルの五千倍で、つまり二千五百キロメートル――」

　非常に大雑把《おおざっぱ》で不正確な概算であったが、メートル法を知らない和孝公主は適当にうなずき、最後のひと口の紅茶を飲み干した。菓子作りに必要な計量が習慣づいているマリーは、簡単な計算ならできる。しかし、地上における実際の距離は想像できない。

「澳門《マカオ》から北京までが、そのくらい離れているそうよ。澳門には行ったことがないから、よくわからないけど、マリーと十七兄さまは澳門港に上陸して、そこから陸路で北京に来たのよね。とても遠かった？」

　マリーは曖昧《あいまい》にかぶりを振る。観光と歓待《かんたい》、そして寄り道に明け暮れた、非常にゆっくりとした旅路にふた月近くかけたので、移動した距離など念頭にない。

　ポルトガルのリスボアに定規《じょうぎ》の端を当て、スペインとフランスをまたぎ、神聖ローマ帝国へ入りベルリンを越え、ドイツ人の王国プロイセンの東側、ポーランド王国との国境近くまでを直線で結ぶと、おおよそ二千五百キロメートルではあるが、地理の教育を受けたことのないマリーには、そこまでの知識はない。

　澳門から北京まで、という漠然とした実体験をもとにしても、ヨーロッパの端から端までと同等の広さを誇る黄土高原と、さらに西域の彼方《かなた》にある砂漠から飛来し、華北の大地に降り注ぐという黄砂現象の壮大さに、マリーの想像力はまったく役に立たない。

　とにかく、長く厳しい冬をようやく乗り越えたというのに、大清国の首都北京の春は、百花繚乱《ひゃっかりょうらん》に心浮き立つ華やかな季節ではなく、空は黄色く染まり、絶えず降り注ぐ砂との戦いという、大自然のもたらす新たなる試練の季節であるらしい。

正午を告《つ》げる鐘の音が響き、和孝公主は腰を上げた。

「あら、もうこんな時間。豊紳殷徳《フェンシェンインドゥ》さまがお帰りになる前に公主府に戻らなくては」

和孝公主は側に控《ひか》えていた太監《たいかん》の黄丹《こうたん》に、馬車の用意を命じる。黄丹は王府の主《あるじ》、永璘皇子の近侍なのだが、最近はすっかり杏花庵の管理人におさまっていた。

マリーは素早く杏花庵に入って、蓋《ふた》付きの鉢に入れたガトー・オ・ショコラをさらに提《おか》盒《もち》におさめて持ち出し、公主に手渡した。夫の誕生日に作ったガトー・オ・ショコラが大変好評だったそうで、和孝公主はさらに研鑽《けんさん》を積むために、マリーの杏花庵に三日おきに通っていた。

「せっかくふっくらと弾力のあるガトーが焼けるようになったのに、豊紳殷徳さまは最初に召し上がった、ずっしりとしたガトーのほうをお好みなの」

「シノワでは餡《あん》のぎっしり詰まったお菓子や、餡を固めに練り上げたお菓子も多いですから、天爵《てんしゃく》さまはそちらの食感がお好きなのかもしれませんね。お好みに合えば、生地《きじ》に火が通ってさえいれば問題はありません。イギリスにはファッジという、ショコラを溶かし込んだりキャラメルを練り込んだ、とてもべたつくお菓子もあります」

マリーが和孝公主の額駙《がくふ》を『天爵』と呼んだのは、鈕祜祿《ニオフル》豊紳殷徳の姓名が長すぎることと、異国人のマリーには発音も難しいからというだけではない。

清国には名前や姓名に関する厳格なルールがあり、他人で身分の低いマリーが、公主の夫を本名で呼ぶことは、極めて無礼なことであったからだ。かといって呼び名がないのは不便なので、清国の社会では、本名の代わりに官職名や地位、あるいは『字《あざな》』という第三の名で呼ぶ。

とはいえこの字もまた、親しい間柄《あいだがら》で用いられる呼び名であり、公主と豊紳殷徳《フエンシエンインドウ》にとっては他家の使用人であるマリーが、役職名ではなく字の『天爵』で呼ぶのを許されたことは、大変な栄誉であった。

もしも慶貝勒府《けいベイレふ》の一般使用人が、豊紳殷徳について噂《うわさ》したり呼びかけたりするときは、上級使用人でさえも歴官御前大臣、護軍統領、内務府総監大臣、総理行営《ぎょうえい》事務官のうちのいずれかの職官名を選んで『殿』や『様』、あるいは『閣下』などとつけることになるが、マリーにとってはややこしいばかりだ。

齢《よわい》十六にしてそれだけの肩書きを持つ天爵だが、育ちの良さが体中から滲《にじ》み出るような、気のいい暢気《のんき》な若者だ。かれの恵まれた地位のすべては、清国一の富豪で、皇帝に次《つ》ぐ権力を誇る軍機大臣の父親の七光りと、舅《しゅうと》にあたる乾隆帝による恩寵《おんちょう》、その乾隆帝に溺愛《できあい》された和孝公主の夫にふさわしくあるための肩書きであることを理解している、謙虚《けんきょ》な若者である。

そしてこの大清帝国のみならず、おそらく世界でもっとも富貴で高貴な一対の夫婦は、まるで子どものままごとのように無邪気《むじゃき》で仲が良い。

「では、次はその『ふぁっじ』とやらを作りましょう。舅さまのもとに出入りする英国《イギリス》商人に故国の菓子を授ければ、感激してもっとたくさんのショコラや巴旦杏《アーモンド》を都合してくれるでしょうから」

マリーははっとして、大きくうなずいた。

「そうですね。イギリス菓子のレシピはありませんが、食べたことはありますので、とりあえず、ある材料で再現してみますね」

フランスでは当たり前に手に入ったお菓子の材料は、清国の北京ではなかなか手に入らない。ガトーやビスキュイには必須である牛乳や乳製品のバター、クリームそしてチーズからして稀少《きしょう》なのだ。

中華を支配する満洲《マンジュ》族、あるいは漢語風に一文字で表して満族は、もとは華北を支配していた金《きん》という国の、狩猟《しゅりょう》と農耕をする民族であるという。当時は女真《ジュシエン》族と呼ばれていたかれらは畜産もしていたが、北京が大都会で放牧できる場所がないためか、乳製品は手に入りにくい。

それを言ったらパリだって大都会ではあるのだが、牛乳売りは毎朝市内までやってきていた。牛乳売りが来る時間には、マリーは両手に大きな瓶を抱えて家を飛び出し、牛乳を買いに行ったものだ。

慶貝勒《けいベイレ》府《ふ》は北京の都心にあるにもかかわらず、広大な庭園を有している。庭には大きな池もあり、川もあれば滝もある。弧を描く橋の上には小亭があり、睡蓮《すいれん》の咲く季節にはそこで茶菓を楽しみつつ花を愛《め》でることもできた。大小の岩石や築山《つきやま》をぐるりと逍遥《しょうよう》すれば、庭を囲む高い塀も、東側にあるはずの宮殿群も視界から消える。

　これだけ広ければ、牛や山羊《やぎ》を飼って乳も搾《しぼ》れるのではないかと、和孝公主を見送るために西園から垂花門《すいかもん》へと歩きながら考えてしまうマリーだ。フランス王妃マリー・アントワネットも、ベルサイユ宮殿の近くに王妃の隠れ里を作って牛を飼い、王子や王女のために乳を搾らせていたという。

　和孝公主を見送り、昼食を摂《と》るために下女長屋の共同部屋へ戻ったマリーは、同室の下女たちのがっかりした顔に迎えられた。

「あ、ごめん。今日はお菓子が余らなかったの。御殿に差し上げる分と、和孝公主が召し上がって、お持ち帰りになる分で材料がなくなっちゃって」

　手ぶらを詫《わ》びるマリーに、最年長の小菊《しょうぎく》がマリーから小杏《しょうあん》と小蓮《しょうれん》へと視線を移して笑いかける。

「まあ、毎日ただで甘い物を期待する方が、厚かましいというものよ」

　小菊と小杏は同年の十八歳で、ふたりとも王府の正門に近い倒座房《とうざぼう》という、王府に出入りする業者や客の接待をする建物の掃除《そうじ》係だ。小蓮はマリーと同年の十六歳ということだが、体格も顔立ちもまだ少女といってもいいような見た目をしている。

　部屋のまとめ役的な小菊は、とりなす口調で取り皿を配った。

「さあさあ、今日は立春《りっしゅん》だから、春餅《チュンビン》をお腹いっぱい食べましょう」

　春餅は、小麦粉の生地を薄く焼いた薄餅《パオビン》に、糸のように細く切った豚肉や羊肉を炒めた炒肉糸《チャオロース》と、髪の毛のように細長く刻んだ葱《ねぎ》や野菜を載せて、包んで食べる季節料理だ。材料に春が旬《しゅん》の菜を合わせるわけではなく、薄餅もいつでも作っているので、一年中食べても良さそうな気がマリーにはする。とはいえ、大皿から好きな具を自分で選んでは巻きながら食べる楽しさと、清国では珍しく手づかみで食べる面白さは、家族や友人の集まる季節行事向きなのかもしれない。

「ねえ、小屋っていってもひとりで切り盛りするのは大変じゃない？　私も手伝いに行けるよう、高厨師《こうちゅうし》にお願いしてみようか」

期待に目を輝かせてマリーに提案する小蓮に、小杏と小菊は横目で目配せを交《か》わした。厨房の洗い物係の小蓮は、永璘皇子に崇拝《すうはい》に近い憧れを抱いている。身分に厳しい清国では、大それた望みだ。

永璘皇子がかなりの頻度《ひんど》で杏花庵を訪れることは、すでに邸じゅうに知れ渡っている。杏花庵の掃除や片付けをしていれば、ふらりと訪れた永璘と顔を合わせる確率は高く、小蓮が永璘目当てにマリーの手伝いを申し出るのはあからさまにすぎた。

小菊が眉間《みけん》にしわを寄せて、小蓮をたしなめる。

「小蓮、玉《たま》の輿《こし》狙いならやめておきなさい。下僕《げぼく》ごときに老爺《ラオイエ》のお手がつくわけがないじゃないの。身の程を弁《わきま》えることね」

小蓮はきっと小菊をにらみ返し、声を荒らげて反論した。

「大きなお世話です！　私はこう見えても旗人《きじん》の娘だもの！　その気になれば、選秀女《せんしゅうじょ》の資格があるんだから！　だいたい、老爺の母后のご実家だって、うちと変わらない兵士《ニル》だったっていうじゃない。しかも漢《かん》族の――」

チッ、と高い音を立てて、小杏が舌を鳴らす。『黙れ』という意味なのだろう、小蓮がはっとして口を閉ざした。

小菊は顔を強張《こわば》らせて、春餅に具を載せる手を止め、卓の上に身を乗り出した。低い声で小蓮を諭《さと》す。

「令懿皇貴妃《れいいこうきひ》さまは、たしかに名門氏族の出ではおられなかったけど、誰もが認める絶世の美女だったの。それこそ実家が兵士階級なら、秀女といっても妃嬪《ひひん》ではなく宮女の選抜からの後宮入りでしょう？　宮女として紫禁城《しきんじょう》に上がって、いくらもしないうちに皇上のお側に召されたということだから、お姿も心ばえもそれはそれは優れておいでだったのよ。その皇貴妃さまに自分をなぞらえるなんて、不敬もたいがいになさいよ」

小菊は語気も激しく、掌《てのひら》で卓を叩《たた》いた。マリーを含めて三人はびくりと肩をすくめる。

しかし、マリーはいまひとつ理解ができていない。

「あの、秀女とか、ニルとか、選抜とか、どういう意味？」

小菊はふっと目元を和《やわ》らげて、くるくると丸めた春餅の先端をマリーに向ける。

「清国ではね、八旗《はっき》に属する旗人で婚期にある女子は、三年ごとに後宮女官を務める『秀女』の選抜を受けることになっているの。妃嬪となるべき秀女に選ばれる条件は、容姿と姿態《したい》の美しさ。とにかく見た目の美しさが初選を突破する要《かなめ》なの。ここでもう、よほど生まれつきの美貌が輝くほどのものでなければ、私たちのように美容にお金と時間をかけられない下級旗人の女に、秀女になれる望みなんかないわ。平凡な顔と、あかぎれだらけの手！　掃除や食器運びで、すっかり太くなった腕、立ち居振る舞いの粗《あら》いこと！　資格以前の問題だわ」

自虐《じぎゃく》の笑いを吐きながら、小菊は自分の左の袖をまくり、露《あら》わにした腕をペチリと叩いた。

「顔立ちや体つきの美しさで選び抜かれた秀女候補は、さらに器量を競い、刺繍《ししゅう》などの技量も合わせて厳正に審査され、ようやく秀女に選ばれる。それぞれの器量と技量から、低位の側妃として『貴人《きじん》』、『常在《じょうざい》』、『答応《とうおう》』の地位を与えられるわけ」

マリーと、旗人の出ではないために後宮の女官選抜に詳しくなかったらしい小杏は、ふんふんと熱心に小菊の解説を聞いた。

「妃嬪が増えれば、彼女たちに仕える宮女も必要だから、そのための秀女選抜も行われる。この選抜を勝ち抜いて後宮に入り込みさえすれば、満族だろうと漢族だろうと、下級旗人の兵士や貧乏《びんぼう》旗人の娘たちにとっては、皇上のお目に留まるかもしれないという、それこそ玉の輿への狭き門」

マリーは目を丸くして、ため息をついた。小杏が興味津々《しんしん》で訊ねる。

「小菊の実家は旗人なんでしょ？　応募しなかったの？」

問われた小菊は、ぎっ、と眉毛《まゆげ》を上げて小杏をにらみつけた。

「前回応募したけど、落ちたの」

あ、そう、と一同は小さく口を開けて、ため息を吐いた。小菊は小杏の質問にそれ以上の注意を払わず、いっそう声を低めて話を続ける。

「皇貴妃さまは内務府の秀女選抜で後宮入りしたという話だから、選ばれたときは宮女であったことは事実よ。でも、側妃に格上げされたときに一番下の『答応』ではなく、そのふたつ上の『貴人』だったということは、美貌と人並みでない魅力をお持ちだったということね」

晩年の乾隆帝がもっとも愛した女性であったにもかかわらず、永璘の実母である魏佳《ウエイギヤ》氏が、皇后《こうごう》となることなく皇貴妃のまま薨《こう》じたのは、出自が満族ではなかったためであるらしい。清朝では、異民族が八旗に所属し旗人となることはできても、皇后に選ばれるのは満族の女性だけであった。

大清帝国の支配層はすべて、八旗と呼ばれる軍事集団に所属している。その構成は満族のみならず、蒙古族、漢族、そして満族に服従する異民族も含まれた旗人である。

欧州では貴族階級に相当する支配層ではあるが、土地を所有支配することも、商売をすることも禁じられている。そのため、八旗における最小の軍事集団の編成単位『ニル』に含まれる俸給の安い兵士たちや、官職にありつけない末端の旗人たちの生活は楽ではない。大清帝国の被支配層の大半を占める漢民族の庶民や貧困層と、大差のない貧しさに甘んじている旗人の数も多かった。

小菊の説明に、清国の宮廷《きゆうてい》のあり方をおおまかに理解したマリーは、ほっと息をついてつぶやいた。

「そうかぁ。老爺《ラオイエ》のお母さまって、本物のサンドリヨンなんだね」

「さんどりよん、て何？」

三人が同時に訊き返す。

「ええと、こっちでいう『玉の輿』？　でもあれは貧しい家の娘ってわけじゃなかったんだな。サンドリヨンていうのは『灰かぶり』って意味で、継母《ままはは》が継子《ままこ》につけた渾名《あだな》。富豪だか貴族の家に後添《のちぞ》えに入った後妻とその娘たちが、前妻の娘の衣装も宝石も取り上げて、召使いとしてこき使って、いじめるの。けどある夜、魔法の力で王宮の舞踏会《ぶとうかい》にもぐり込んだサンドリヨンが王子さまに見初《みそ》められて、選ばれて王妃になるお伽噺。もとの生まれは高貴だし、実家はお金持ちなんだから、玉の輿とは言い難《がた》いと思うんだけどね。庶民には関係ないなーっていうか。あ、『灰かぶり』ってのは台所の煖炉《だんろ》とか竈《かまど》の前で寝起きさせられたから、主人公も物語もそう呼ばれているの」

小菊たちはうっとりとした目で「へえー」と面白そうに聞いている。小蓮がさらに前のめりになって追究する。

「やっぱり法国《フランス》にも、玉の輿はあるんじゃない。瑪麗《マリー》は本当に、老爺に憧れたりはしなかったの？」

食べかけの春餅をもてあそびながら、マリーは首を横に振りかけて、少し考え込むように首をかしげた。

「出会ったときは、私には婚約者のジャンがいたし、革命の暴動で父やジャンを亡くしたときは、さすがにそれどころじゃなかった。老爺に連れられてパリを脱出したときは、命がけだったから、助けてもらって感謝はしたけど、憧れる余裕なんてなかったな。清国に誘われて船に乗ってからは、どうもただのお金持ちのボンボンではない上に、既婚者だってこともはっきりしたから、憧れというよりは警戒心の方が強かったなぁ。そんな感じで、なんだかんだと一年近くかかった旅のあいだ、菓子職人兼料理人として身近にお仕《つか》えしてきたわけだけどね。とにかく出すもの出すもの、味にうるさくてケチをつけられるものだから、納得してもらう料理やお菓子を作るのに毎日まいにち四苦八苦。小蓮みたいに、老爺の素敵なところだけをうっとり眺めている暇も余裕もなかった」

「もったいない」

小蓮は同情たっぷりにため息をつく。マリーと小蓮とは、どのようにしても同じ見解にたどりつくことはなさそうだ。

「相手が既婚者ってだけで、警戒したり、あきらめちゃうの？」

小杏が不思議そうに訊ねる。

「あっちでは、王侯貴族だって一夫一婦だもの」

この話題では宗教的倫理観を持ち出すことになる。マリーは厄介事を避けるため、なんとか話を逸《そ》らそうと考えた。

「それに杏花庵には専属の管理人がいるから、小蓮が入り込める隙《すき》はないと思うよ」

「太監の黄丹さんだっけ」

小杏が相槌《あいづち》を打つ。マリーはうなずき返した。

「杏花庵は黄丹さんの師父が住んでいた小屋だから、特別な思い入れがあるみたい。他のひとに触れられたくないんじゃないかな。窯《かま》を造るために改築したときも、ずっと切なそうに眺めてた。いまでも毎日欠かさず掃除しにくる」

出る幕がないと念を押されて、小蓮は残念そうに口を尖《とが》らせた。

黄丹の気持ちを慮《おもんぱか》っただけではない。杏花庵では、永璘が人目を避けて趣味の絵を描いているかもしれないので、迂闊《うかつ》にひとを入れることは避けたかった。永璘が杏花庵で油絵の風景画を描いて燃やしたのは、たった一度きりではあったが、画架には布を被《かぶ》せて、絵の具や筆などは櫃《ひつ》に入れて錠《じょう》をおろし、奥の部屋に残されている。

七歳のときに、父帝に絵を描くことを禁じられた永璘にとって、それでも絵を描き続けることは命がけである。その秘密を共有することを許されたマリーは、男女だの夫婦だのといった色事よりも深いところで信頼され、必要とされている。強引ではあるが、そう考えることで、厨房を追い出されたあとも、マリーはこの王府に居場所があるような気がしていた。

永璘に男性としての魅力を感じないのかと聞かれたら、決してそんなことはない。しかし、人生の伴侶として選んだただひとりの相手と、神の前で一生の愛を誓《ちか》い、その愛をまっとうすることを尊《とうと》ぶカトリック教徒としては、たとえ皇族であろうと大金持ちだろうと、既婚者を結婚相手としては考えられなかった。

一夫多妻が当たり前で、貧しい男に縁づくよりは、富貴の夫の何番目かの妻になることになんの疑問も持たない清国の女性たちと、マリーの価値観はまったく異なるし、相容《あいい》れない。だから話が永璘との関係を勘ぐられるような方向に進み出すと、マリーはさっさと話題を変えることにしている。

ついついおしゃべりが盛り上がったが、短い昼の休憩《きゅうけい》時間はあっというまに過ぎる。大急ぎで持ち場に戻らなくてはならない小菊と小杏を送り出し、マリーは小蓮と食器を持って洗い場へと向かった。

洗い場からは、厨房の喧噪《けんそう》が垣間《かいま》見える。

材料の下ごしらえに忙しく働く厨師助手の燕児《えんじ》の姿、材料運びや器具の片付けに跳び回る徒弟の李《り》兄弟、奥の方で采配《さいはい》をふるう点心局局長の高厨師の丸々とした背中。次々に点心を仕上げていく王《おう》第二厨師の怒鳴《どな》り声。

先月のアーモンド騒動のために、謹慎処分となったマリーは、厨房への出入を禁じられている。しかし、故郷を追われて家族も仕事も失い、海を越えてようやく見つけた自分の居場所は、自由にフランスの菓子を作れる杏花庵ではなく、尊敬する師から学び、同僚と競争して、研鑽を重ねられる厨房であるようにマリーには思える。

高厨師はとても厳しいいし、燕児は口が悪く人使いも荒い。李兄弟はつまみ食いに忙しく、末席のマリーに無遠慮に仕事を押しつけてくる。だけどもそれは、徒弟ならば誰でも当たり前に受ける扱いであった。マリーが王府の厨房に帰りたいのは、点心局の面々はマリーを異国人であること、父親が欧州人であること、そして女であるという理由で蔑《さげす》んだり、意地悪をしたりはしないからだ。

年の暮れに新しく厨房に入った熟年の料理人、王厨師が『異国人の血を引く身元の知れない女』という理由でマリーを疎《うと》んじるまでは、厨房の点心局は菓子職人となって独立を目指すマリーの、とても大切な居場所だった。

マリーは思いつく限りあらゆる手を尽くして、菓子職人——糕點師《ガオディアンシー》の才能を証明したにもかかわらず、王厨師を納得させることはできなかった。そして、この王府の主、永璘の力を以《もっ》てしても、王厨師や他の厨師たちの偏見を取り除くことは不可能だった。

謹慎処分と厨房からの締め出しは、アーモンド騒動の非がマリーにあったからではなく、異物を排除したい厨師たちからマリーを守るための措置《そち》であった。

くよくよするのは性に合わないマリーだが、力を尽くしてもどうにもならなかったのに、あきらめきれない望みを抱えて暗い気持ちになってしまうのは、どうしようもない。

マリーが小蓮と洗い物をしていることに気がついた燕児が、王厨師の目を盗み、洗い物を装《よそお》って大きな鍋子《グオツ》を抱えて出てきた。鍋の中から隠していた包みを出して、マリーに手渡す。

「これ、今日の甜心《てんしん》だ。牛乳が手に入るようになったから、高厨師が作ってみた満族の揚《あ》げ菓子だ。瑪麗《マリー》も味を知っておくといい。後で持って行くよう高厨師に言われていたけど、仕事が終わってからじゃ、味が落ちてしまうからな」

　マリーは戸惑《とまど》った。濡れた手を短袍《ダンパオ》の裾《すそ》で拭《ふ》いて、包みを受け取る。

　燕児はガシガシと棒たわしで鍋子を洗いながら、話を続ける。

「瑪麗の話だと、欧州じゃ一年中牛乳が手に入るみたいだけど、こっちはそうじゃない。でも、そろそろ仔羊や仔牛が生まれているから、乳製品も出回るだろう。その薩其馬《サチマ》も、牛乳を練り込んだ揚げ菓子だ。中身や作り方は、食べてから推量してみろよ」

　マリーは包みを鼻に近づけて、においを嗅《か》いでみた。胡麻油《ごまあぶら》と砂糖、いや蜂蜜《はちみつ》の甘い匂いがする。あとは、酸味の強そうな果物《くだもの》か。

　燕児は鍋子を洗い終えると、「じゃあな」と背中を向けて厨房へ戻った。

　マリーは菓子の包みを胸の前に抱くようにして、ぎゅっと歯を食いしばった。

　高厨師が清国のお菓子をマリーのためにとっておいてくれたことや、見つかれば王厨師に叱られるのに、燕児が菓子を手渡すために厨房から出てきてくれたことが、とても嬉しくて目頭が熱くなったからだ。

菓子職人見習いのマリーと、第十五皇子永琰《えいえん》

午後の仕事にとりかかる小蓮と別れて、マリーは杏花庵へと戻る。途中で青い官服をまとい、官帽の頭頂に紅玉の飾《かざ》りを載せ、その頂珠の付け根から三本の孔雀《くじやく》の尾羽を垂らした、ふたりの貴公子と行き合った。ひとりはこの王府のあるじ愛新覚羅永璘で、もうひとりは体の大きな第十五皇子、永璘とは同腹の兄である嘉親王《かしんのう》の永琰《えいえん》であった。マリーは急いで両手を左の腿《もも》に乗せ、両方の膝を折り、お尻が踵《かかと》につくほど腰を低く落として、清国における最上級の拝礼をする。

「嘉親王さまと老爺《ラオイエ》に、ご挨拶《あいさつ》を申し上げます」

完璧に拝礼をやり遂《と》げたつもりのマリーだが、ふたりともびっくりしたような目で見返しているので、居心地が悪い。十五皇子が手を上げて「立ちなさい」と言うまで、少しの間があった。

中腰よりも低い体勢から、ぐらつかずにすっと優雅《ゆうが》に立ち上がるのは、若く足腰の丈夫なマリーにも少し難しい。満族や旗人の女性たちは、後宮に上がったら一日に何度もこの拝礼をこなさなくてはならないのかと、選秀女の話を聞いたばかりのマリーは宮女たちに

同情した。

「杏花庵に向かうところか」

　永璘が間《ま》の悪そうな表情で訊ねる。

「はい、老爺もですか」と訊き返すマリーに、十五皇子が福々しい頬を震わせた。苦笑しているようだ。皇子に対する作法に、おかしなところがあっただろうかと、マリーは不安になった。

　永璘はマリーから兄皇子へと視線を移し、さらに困惑した面持《おもも》ちになる。それは永璘がマリーの前で初めて見せる表情だ。そのため、マリーはとっさにそこに表れた感情をすぐに察することができなかった。微妙な間《ま》を挟んで、永璘が兄皇子の顔色を窺《うかが》っていることに気がついたマリーは、はっとしてもう一度膝を曲げた。

「お邪魔しました。第十五皇子さまと老爺が杏花庵をお使いになるのでしたら、私は遠慮いたしますね。ここで失礼してよろしいでしょうか」

　その場を去ろうと一歩下がったマリーを、十五皇子が親指に白玉の板指《バンジー》を嵌《は》めた手を上げて呼び止める。

「いや、そなたが杏花庵に用があるのなら、我らを先導してくれ。そなたは洋式の厨房に改造した杏花庵で、毎日菓子を作らされているのだろう？　十七弟よ、まさか珍しい洋菓子を独《ひと》り占めにしようというつもりではあるまいな？」

　永璘は、戸惑ったような笑みを口元に刷《は》いた。

「いえ。ただ、十五阿哥《あか》は、洋風はあまりお好みではないと思っていましたが。マリーに給仕をさせて、よろしいのですか」

「かまわぬ」

なにがなんだか、マリーにはわからない。厨房を追い出されたマリーは、主日のミサに出かける日のほかは、毎日お菓子を作るために杏花庵に通っている。それが、事前になんの連絡もなく、マリーが杏花庵に行くのは都合が悪いような態度を永璘が取るのは、納得がいかない。

すると、杏花庵の方から黄丹《こうたん》があたふたと走ってくるのが見えた。マリーと兄弟皇子が向かい合っているのを見て、しまった、という顔をする。

察するに、兄の永琰を杏花庵に案内するつもりであった永璘は、黄丹に先触れをさせ、マリーを杏花庵から下女部屋へ帰そうとしたものらしい。

黄丹は拝礼しつつ両膝をついて、マリーとすれ違ったために命令を果たせなかったことを謝罪する。永璘は黄丹に立ち上がるように命じた。

「ちょうど昼どきであったから、この広い邸ですれ違うこともあるだろう。十五阿哥はマリーに茶菓の給仕をご所望だ。ふたりとも先に行って、準備をするように」

黄丹の目配せに、マリーは逆《さか》らわずそのあとに早足でついていく。兄弟は花の散り始めた梅林、いまが盛りの桃の花、枝に鈴なりに咲く真っ赤な菊桃、ゆらゆらと風に戯《たわむ》れる杏《あんず》の白い花びら、紅を帯《お》びた林檎《りんご》の白い蕾《つぼみ》を愛《め》でながら、のんびりと杏花庵へ向かうつもりらしい。

「ねえ、黄丹さん、今日の老爺《ラオイエ》、なんだか変な感じね」

「十五皇子さまと、大事なお話があるのですよ。邸内の召使いに漏《も》れ聞かれたくないことでは、と推察いたします」

　第十一皇子永瑆《えいせい》と並んで、次期皇帝と目されている同母兄との密談か、とマリーは嘆息した。我が家といえど、宮殿内では兄弟と内緒話もできないらしい。年末から使用人の数が増えたこともあり、王府が創設されたときから永璘に仕えている黄丹でさえ、知らない人間が邸内のあちらこちらにいるのだ。二年も王府を留守《るす》にしていた永璘は、自分の家にいても、気が休まらないのかもしれない。

「さっき、十五皇子さまは洋風がお好きじゃないって、老爺がおっしゃっていたけど、私なんかが出て行って大丈夫なのかしら」

「十五皇子さまは、西洋全般に関してお嫌いですが、お人柄は公正で温厚なお方でいらっしゃいます。趙小姐《シャオジエ》が粗相《そそう》のないようにお仕えすれば、大丈夫です」

　マリーとしては、粗相をしないという自信はまったくない。

　最近になって作法にうるさくなった永璘と嫡福晋《ちゃくふくしん》の鈕祜祿《ニオフル》氏、洋菓子を学びに頻繁に慶《けい》貝勒府《ベイレふ》を訪れる和孝公主の三人から細かい指導は受けている。しかし、すぐに気安い空気になってしまう彼らが相手では、いまひとつ効果が上がっているように思えなかった。

　ただ和孝公主は、皇子たちの中でも、第十五皇子の永琰には特に気を遣うようにと、マリーに忠告していた。第十五皇子にはとりわけ溺愛されているという和孝公主だが、そこはかとなく永琰を怖《おそ》れているような気配を感じた。和孝公主の忠告を思い出したマリーは、絶対にしくじらないようにと、気持ちを落ち着かせる。

そのとき、ちらっと町の占い師に言われたことが頭をよぎった。

――晩婚だが、親王と縁がある。ただ、あまり縁起はよくない――

咳《せ》き込むほどの甘苦しい香の煙、ひどくしゃがれた呪術師の声が、マリーの脳裏《のうり》に甦《よみがえ》る。

乾隆帝の十七人の皇子のうち、現在も生存しているのは第八皇子の儀《ぎ》郡王永璇《ぐんおうえいせん》、第十一皇子の成親王《せいしんのう》永瑆、そして嘉親王永琰と慶貝勒《けいベイレ》永璘の四人だけである。第八皇子は最年長ながらも特に優れたところはなく、凡庸《ぼんよう》な上に酒好き、すでに四十代も半ばである。年の離れたふたりの弟よりも爵位は低く、郡王から親王へ上がる見込みもなさそうなことから、次期皇帝の候補には数えられていない。

その永璇の同母弟で六歳下の第十一皇子永瑆は、学問に精通し、優れた詩を詠《よ》み、その美しい筆跡は千金の価値を謳《うた》われる。しかし、天性の陰湿さと妬《ねた》み深さのために人望はなく、父親の乾隆帝を悩ませているという。家庭内においても、正妻を心身の病に追い込むほどの苛酷《かこく》な倹約と節約を強《し》いる、度を越えた吝嗇家《りんしょくか》との評判が市井《しせい》にまで漏れ出る成親王とは、マリーは絶対に縁を結びたくない。

永璘の同母兄の永琰は、このとき三十歳。脂の乗りきった壮年という言い方は、かれにとっては比喩《ひゆ》ではない。たとえ予言通り縁があったとしても、マリーが毎日お菓子を献上するのをためらってしまうほど太っている。

どちらにしても、嘉親王が西洋嫌いなら、マリーに興味を示すこともないだろう。

とにかく、すでに正妻の嫡福晋《ちゃくふくしん》、側室の側福晋と庶福晋、さらに妾《めかけ》を抱え込んだ親王だの郡王だの貝勒との縁なんて願い下げである。

マリーは望ましくない予言を頭の隅《すみ》へと追いやった。

杏花庵に着くと、侍衛《じえい》の何雨林《かうりん》が扉の前に立っていた。まだ寒いのに戸外の巡回と見張りとは、と同情する。

「趙小姐《シャオジエ》」と、何雨林はかすかに口元を和らげ、会釈《えしゃく》をする。マリーも軽く膝を曲げて挨拶を返した。

「なんだか物々しいですね」

不安になったマリーは、低い声でささやくように何雨林に話しかける。

「大切なお客様ですから」

雨林の声も、聞き取れないほど低い。

黄丹とマリーは、杏花庵に入ってすぐ茶菓の支度《したく》を始めた。

本来、皇族の給仕を務めるのは、厨師ではなく皇子付の近侍であるはずだから、マリーが永琰皇子の前に出て菓子を出すことはあり得ない。

そのあり得ないことが起きている。

マリーは黄丹と並んで、永璘と兄皇子を杏花庵に迎えた。兄弟はそのまま奥の部屋へと入った。黄丹は茶を、マリーは盛り付けた菓子を運び、小卓を挟んで炕《かん》の上に座る両皇子の前に進み出た。

「今日の洋菓子は、ガトー・オ・ショコラと木瓜《もっか》のタルトです」

兄皇子は、一口大の賽子《さいころ》状に切り分けて皿に盛られた焦《こ》げ茶色の塊《かたまり》を、不思議そうに見つめる。今日は生クリームが手に入らなかったので、粉砂糖をまぶしただけである。マリーは菓子について説明すべきかと迷い、永璘と目を合わせた。マリーの無言の問いを察した永璘は、口を挟んだ。

「ショコラの焼餅《シャオビン》は、十五阿哥は初めてご覧になる。どういうものか説明してさしあげなさい」

マリーは一礼して話を始める。

「ショコラというのは、新大陸のメキシコやアステカの王さまが、健康のために食していたとされるカカオ豆を原料とした飲み物です。ヨーロッパに伝わってからは、生姜《しょうが》や砂糖、牛乳と合わせて飲み物にしたり、ガトー、つまり焼餅にする小麦粉の生地に混ぜ込んだりなどして、お菓子の材料としても人気があります」

「体にいいものなのか」

兄皇子は疑い深い口調と表情で、指先でガトーをつつく。弾力のあるガトーの、押された部分がすぐに平らに戻ったことに驚いたようすだ。

「アステカでは、滋養強壮《じようきょうそう》とあらゆる病気や不老に効《き》く、『神の食べ物』と呼ばれていたそうです」

永璘がひとつ食べて、兄の前で毒味をしてみせた。兄皇子は少し安心したようで、ガトーをつまみ上げて口にいれた。

「甘いな」

——そりゃ、お菓子ですから——

なんて永璘に対するような軽口は、さすがに叩かない。欧州とは異なり、清国の皇帝や皇族は、公《おおやけ》に開かれ民衆に親しまれる存在ではない。姿を見ることも名を呼ぶことも憚《はばか》れる。むしろ唯一神のごとき畏怖《いふ》をもって仰《あお》ぐ存在だ。

だからこそ、西洋のキリスト教との折り合いが悪いわけなのだが。

永璘は同母兄が次の皇帝になることを願っているようなので、マリーもうかつに兄皇子の機嫌《きげん》を損じるような言動は避けなくてはならない。

「かつては砂糖を入れずに、スパイスや穀類の粉に混ぜて薬として飲んでいたそうです。豆自体は苦くて、とても食べられたものじゃないので、はじめのうちは欧州に広まらなかったのですが、砂糖を入れて甘い飲み物にしたり、菓子に使うようになってからはとても人気がでてきて、ショコラを使った専門の菓子職人、ショコラティエまで誕生しました」

永璘がふと思い出して口を挟む。

「そういえば、今朝は和孝公主が来ていたそうだな。このショコラの焼餅《シャオビン》を焼いていったのは和孝か」

「ええ、先月のお誕生日に、公主さまが焼いて差し上げたガトー・オ・ショコラを、天爵さまが大変お気に召したそうで、また作りたいと仰《おお》せになり――」

「和孝が豊紳殷徳《フエンシエンインドウ》のためにこの菓子を作っただと？」

マリーが和孝公主の夫の字《あざな》を口にしたとたん、兄皇子はいきなりに不機嫌になって、つまみかけたガトー・オ・ショコラを皿に戻した。

永璘は「しまった」、という顔をしたが、何が十五皇子の気に障《さわ》ったのか、マリーにわかるはずがない。

マリーは、「下がるように」との永璘の目配せを正しく読み取り、背後から袖を引く黄丹に促されて台所まで戻った。

杏花庵は、台所と前室の中の間、そして奥の間しかない小さな小屋だ。仕切りは帳《とばり》のみで、冬は厚手の緞帳《どんちょう》が下がっているが、声は漏れてしまう。

杏花庵から出て行けとも言われなかったマリーは、どうしたものかと迷っていると、黄丹は自分たち用の茶碗をふたつ並べてお茶を淹《い》れた。出て行くきっかけをなくしたマリーは丸い木の榻《とう》に腰かけて茶碗を受け取る。

台所で息を潜《ひそ》めてお茶を飲む黄丹とマリーの耳に、なにやら機嫌の悪そうな兄皇子の声と、ときおり卓をバンバンと叩く音、そしてひたすら兄をなだめる弟皇子の控えめな声が聞こえてくる。

しかし、音がくぐもっているせいではなく、あるいは兄弟が早口で話しているからでもなく、マリーには彼らの話がまったく理解できなかった。耳に入ってくる音はどれも意味をなさないことから、兄弟が話しているのは、マリーの知っている中華の言葉ではない。満洲族の話す韃靼《だったん》語だろうか。黄丹は、何も聞こえていない顔で、火の番をしていた。

外で誰何《すいか》の声が上がった。何雨林の問いに応えたのは点心局の徒弟、李二《りに》の声だ。厨房から午後の点心を運んできたのだろう。

何雨林が扉を開け、黄丹が立ち上がって提盒《おかもち》を受け取った。

黄丹は提盒から取り出した点心を盆に並べ、ふたり分のお茶を淹れて、奥の間へと運んでゆく。

清国で午後のお茶に食べるのは、甘いお菓子だけではない。王府といえど日常的に出されるのは、いたって庶民と変わらぬ平凡な軽食だ。少量のお粥《かゆ》や麵《めん》類、一口大の包子《パオズ》や拳大の饅頭《マントウ》は定番で、付け合わせは、塩漬けにした鴨《あひる》の卵を茹《ゆ》でて切り分けただけのものであったり、大根や白菜の漬物であったりもする。甘い甜心は、元宵《げんしょう》のように甘い餡《あん》の入った餅や、無花果《いちじく》や杏などの乾果がひとつふたつと添えられている。

今日は寒さを払うために、小さな碗に雲呑《ワンタン》と糸のように細く切った葱を散らした鶏《にわとり》のスープである。甜心は、マリーがいままで見たことのない、うねうねした細長い揚げ菓子を、飴《あめ》で固めて切り分けたような菓子だ。

こういう質素で平凡なものを、もしかしたら次の皇帝になるかもしれない兄弟が、間食として食べているのだ。

もちろん、見た目が平凡な料理だからといって、貧しい食事というわけではない。

王府の厨房には清国一流の厨師が集まり、中華全土から献上される食材を厳選して吟味《ぎんみ》し、細心の注意を払って調理している。フランスの料理も、雑味のない澄《す》んだコンソメスープひとつ作るのに熟練の技がいるように、清国の厨師も皇族に差し出す鶏湯の味を極めるために、何年も修業に励《はげ》む。

ただ、美食と社交を礼賛《らいさん》するカトリック教徒の上流社会、食事の豪華さと美麗さを国威にまで高め、自国の宮廷における食文化をヨーロッパの最新かつ模範的芸術に押し上げたフランスからやってきたパティシエールとしては、マリーはちょっと物足《ものた》りない。

黄丹が奥の給仕を終えて戻るまでの間、マリーは燕児からもらった甜心を懐に入れたままだったことを思い出した。取り出してみると、さきほど黄丹が提盒から取り出して並べた揚げ菓子と同じものだ。

――サチマ、とか言ったっけ。

目の高さまで持ち上げて観察する。

一見したところ、太めの麵をぐちゃっと丸めて胡麻油で揚げ、花の香りのシロップにつけ込んだと思われる。艶《あで》やかな黄金《こがね》色の表面には、仕上げに砕《くだ》いたナッツと乾果をちらしていた。

揚げ菓子と思われる見た目から、サクッとした食感を期待していたマリーだが、歯をあてたときの、思いがけないしっとりとした柔らかさに驚いた。ほろほろと口の中で崩れて、金木犀《きんもくせい》と蜂蜜の混ざり合った品のいい香りと甘みが、ゆったりと舌の上で溶けていく。

——この揚げた麵みたいなのは、小麦粉の生地よね。ふわりとした感じは、発酵《はっこう》させたというよりは、卵白を泡立てたか、ふくらし粉を入れたのかしら。舌に重曹《じゅうそう》の風味は残らず、卵の香りがかすかにするから、卵白かな。牛乳を練り込んだとも言ってたっけ。バターみたいな風味も少しある。ここに来たばかりの頃、牛乳もバターも手に入らなくて苦労したのはなんだったのかしら。

マリーはひどく脱力して、頭を垂れる。

紅茶が飲みたいな、と思って顔を上げると、黄丹が先に出した茶菓の、空の食器を持って台所に戻ってきた。桶《おけ》に水を張って洗い物を始めるマリーの側に立ち、十五皇子の機嫌が直っていたことを教えてくれた。

それからも、兄弟の低い声が緞帳越しに聞こえてきたが、やはり何を話しているのかはさっぱりだ。ただ、日頃の永璘からは想像できないような、へりくだった、懇願《こんがん》するような、あるいは謝っているような響きは聞き取れる。

——老爺《ラオイエ》は、お兄さんに頭が上がらないんだな。

兄皇子が説教するために弟の王府を訪れたのならば、永璘がひと気のない杏花庵へ兄を連れてきたのも道理だ。さらに、見張りまで立てて誰も近づけないようにしておきながら、漏れ聞かれても理解できないよう、いまとなっては一部の満族でしか話されていない韃靼《だったん》語で会話している。

マリーに給仕させることを同意したのも、話を聞かれても外に漏れる心配がないからだろう。
マリーはひとりっ子なので、たくさんいる兄弟の末っ子の立場は、いまひとつ想像でき
ない。和孝公主は、いかにも家中から大切に育てられた、天真爛漫《てんしんらんまん》な末っ子という印象だ
が、男子と女子ではまた違いがあるのだろう。それぞれにずいぶんと年も離れている。第
八皇子の儀郡王と和孝公主は親子ほど離れているし、最年長の和敬《わけい》公主と和孝は、祖母と
孫の年齢差だ。
　こちらのおしゃべりが兄弟の密談の妨《さまた》げになってはいけないと、マリーと黄丹は沈黙を
守りつつ台所の片付けを済ませたころ、ようやく奥から兄弟が出てきた。黄丹が言った通
り、兄皇子の機嫌は悪くなさそうである。永璘もいつもどおりのにこやかな眼差《まなざ》しに戻っ
ている。マリーはほっとして見送りの拝礼に視線を落とし、膝を軽く曲げる。
　下を向いて兄弟が出て行くのを待っていたマリーの前で、兄皇子が立ち止まった。
「そなたは法国《フランス》に生まれ育ったと聞いたが、我が国の言葉を滑《なめ》らかに話す。誰に習った？」
兄皇子に言葉をかけられたマリーは、戸惑いながら答える。
「母が、華人でしたので、母と母方の祖父母とは、中華《シノワ》の言葉で話しておりました」
兄皇子の斜め後ろで、永璘が眉をぴくりと動かした。兄はひどく険しい表情でふり返り、
弟を詰問する。
「これはどういう身元の娘だ？」

永璘は青ざめ、口ごもりつつ答える。

「前にもお話ししたとおり、祖父母の代に欧州へ移民した漢人の子孫です」

ひどく慌てたような、あるいは怯《おび》えたように見える永璘の反応に、マリーは間違ったことを言ってしまったかと臍《ほぞ》を噛む。兄皇子はマリーに向き直り、いっそう険しい口調で訊ねる。

「祖父母はどこの出身か」

「広東《カントン》だか、福建《ふっけん》だかと聞いています」

清国の地理を知らないマリーが、幼い頃に漠然と耳にした地名を口にすると、永璘はいっそう無表情に、兄皇子はますます険しい顔になる。兄は弟へと厳しい眼差しを向けた。

「どういうことだ」

「さ、私にもよくわかりませんが」

もはやしどろもどろになっている永璘に、マリーは何かまずいことを言ったのかと目を泳がせて黄丹へと助けを求めるが、黄丹はじっと床を見つめている。

清国はフランスよりも身分の弁別が厳しい。召使いや従者にも、機知や臨機応変なユーモアが求められる西洋とは異なり、目下の者は目上の赦《ゆる》しがない限り、口を開くことはない。清国の使用人たちは主人を怒らせることを何よりも怖《おそ》れる。特に皇族の気分を害するようなことをしでかせば、自らの死をもって償わなければならないと、本気で思っているようなのだ。

十五皇子には、弟の家属まで罰する権限があるのかと、マリーは緊張で口の中が乾いてきた。

正直に質問に答えただけなのに、何が兄皇子を怒らせているのだろう。

「出会った当初のマリーは、片言の漢語を話せる程度で、発音もクセが強かったので、帰国中の船上で、私と書童の鄭凜華《ていりんか》が北京語を教えました」

永璘が事実を曲げている。マリーの漢語は下手《へた》だったかもしれないが、ちゃんと意思の疎通《そつう》はできていた。受け答えができることに、永璘は驚いていたくらいだ。なのに、なぜ兄皇子に嘘をつくのだろう。

兄皇子はいっそう不機嫌な調子で弟を叱責《しっせき》した。

「十七弟、そなたが自分の不注意で身を滅ぼすのは勝手だが、この私を巻き込むなよ」

「は……」

言葉も返せずにいる永璘から、兄皇子はマリーに視線を戻し、きつい口調で命じる。

「次にどこで清国の言葉を習ったかと訊かれたら、この北京で覚えたことにしておけ、わかったな、西洋の娘」

侮蔑《ぶべつ》的な言い方に、マリーは思わず問い返す。

「私に、嘘をつけと仰せですか」

「嫌ならば欧州へ帰るのだな。すでに王府の厨房から追い出されたのだろう？　この国の水はそなたには合わぬのではないか」

年末の料理の品評会では、マリーの作った中華の宮廷甜心を評価し、『先が楽しみな女糕點師《ガオディアンシー》』と褒《ほ》めてくれた第十五皇子が、ひどく棘《とげ》のある言葉を吐く。

マリーは絶句し混乱する。しかし、うろたえた目つきで目配せをしてくる永璘と、ふくふくとした顔からは想像もできない兄皇子の鋭い眼光で威圧されては、黙って膝を折るしかなかった。

兄弟が杏花庵から出て行ったとたんに、マリーは体中の力が抜け、糸の切れた操り人形のように榻《とう》に座り込んだ。見送りに出ていた黄丹がすぐに戻ってくる。

「いったい、なんだったのかしら」

力なくつぶやくマリーに、黄丹は申し訳なさそうに何度も頭を下げた。

「十五皇子さまが急にこちらにお越しになり、杏花庵を見たいと仰せになったのです。老爺《ラオイエ》は西洋嫌いの親王さまが、趙小姐《シャオジエ》と鉢合わせにならないようにと、奴才《やつがれ》を先に遣わしたのですが間に合わず――申し訳ありません」

「それって私が十五皇子さまの視界に入らないように、老爺が細工《さいく》をなさるつもりだったってことですか？」

黄丹はかすかに首を横に振って嘆息した。

「趙小姐は、まだ受け答えの作法に不安がございますので――」

マリーは唇を噛んだ。どんなに努力をしても、その国の作法など一朝一夕で身につくものではない。しかも、問われたことに正直に答えるたびに相手の機嫌を損ねてしまうのは、薪《まき》の燃える窯の中から、目隠しでガトーやビスキュイを取りだそうとするようなものだ。

「ねえ、黄丹さん。私が話したことの何が、そんなに十五皇子さまの気に障ったの？　料理の品評会でお褒めの言葉をいただいたときは、とても親切な皇子さまに見えたのに。いくら西洋人が嫌いだからって、あんな言い方……」

黄丹は両手を広げてマリーの不平を遮った。

「品評会のときは、他の皇子様方や、お妃様方の手前がございました。十五皇子様は、老爺《ラオイエ》を皆様の前で辱《はずかし》めるようなことはなさいません」

マリーは唇を噛んで、不平をぐっと呑み込もうとした。しかし、理不尽《りふじん》な扱いを受けたという気持ちは抑えつけることができない。

「作法というより、何を言っても裏目に出るみたい。しかも、これからは嘘をつくように命じられるし。いったい、なんなのかしら！」

憤然と腕を組んで、マリーは苛立《いらだ》ちを吐き出した。

「いつか言わねばと思っていたことだが、ついつい失念していた」

マリーの問いに答えたのは黄丹ではなく、兄皇子を見送って杏花庵に帰ってきた永璘であった。開け放された扉から、まだ冷たい風が小屋に吹き込む。侍衛の雨林が杏花庵の入り口を守るように、すっとこちらに背を向けるのが見えた。

黄丹は壁際に下がって膝を折った。

永璘は奥へと足を向け、マリーについてくるように手招きをする。奥の部屋の炕《かん》に腰を下ろす永璘の前に立って、マリーは次の言葉を待つ。

「そなたの出自に関する、十五阿哥の懸念《けねん》についてだが、そなたの祖父母と母親は、おそらく江南《こうなん》の漢人ではない」

「どうしてですか。母も祖父母も確かにそう言っていました」

永璘はかぶりを振る。

「だが、マリーがパリで私と話していたのは、広東語ではなく北京語、それも官話に近かった。そなたの祖父母と母は、この北京の人間だったと思われる。二世代前に禁教令によって追放されたのは、広東や福建など江南の漢人だったが、そなたの祖父母と母は北京から逃れ、江南の漢人にまぎれて欧州を目指したのだろう」

「それが、どうして十五皇子さまのお気に障るのですか。祖父母について嘘をつくことまで、命令されるんですか」

どう考えても理不尽で、不合理なことを言われたとマリーは思った。しかし、永璘はおそろしく真剣な顔でマリーの問いに答える。

「マリーが、旗人の血を引いているかもしれないからだ。禁教令では、特に旗人、それも満洲族の者が耶蘇《やそ》教に傾倒することを厳しく取り締まる。投獄され罰《ばつ》を受けたくなければ、耶蘇教を捨てるか、法国《フランス》に帰るかしかない」

予想もしなかった話の成り行きに、マリーはかっとなった。しかし、事態の深刻さに、ぐっと拳を握って歯を食いしばる。詰《なじ》りたい気持ちが鎮まってから、マリーは声を低く保ちつつ抗議した。

「でもそれって、どうしてフランスを出る前に言ってくれなかったんですか。老爺《ラオイエ》には私のシノワ語が他の移民たちと違うって、はじめからわかっていたんですよね」

「わかるわけがない。この広大な大清帝国において、いくつの言葉が話されていると思うのだ。初めのうちは、マリーの漢語が、中原《ちゅうげん》のどの地方言語なのか私には判別できなかった。だが筆談せずとも話は通じたことから、とりあえずパリの用事にマリーの手を借りることは、問題なかった」

旅先の短い、仕事だけの縁だと思っていたのだ。まさか清国へ連れて帰ることになるとは夢にも思わなかったと、永璘は言った。まして澳門《マカオ》から欧州へ同行していた専属の通訳兼案内人が、別件でパリを離れていた間に革命が起こり、永璘一行は自力でフランスから脱出しなくてはならなくなった。その成り行きで、通訳を引き受けたマリーにブレスト港まで案内させることになったのも、まったく予想外のできごとであったと。

「ブレスト港で、マリーは家族が暴動に巻き込まれ、家も仕事も失ったと、途方に暮れていただろう？　帰るところも住むところもない、路銀の持ち合わせもない若い娘を港に放り出して、我々だけ帰国できると思うのか」

永璘はふて腐れたように弁解した。

「正直なところ、マリーの出自が気になりだしたのは、船出してからかなり経《た》ってからだ。だんだんと漢語が流暢《りゅうちょう》になってきて、我々と同じような発音を難なく覚えていく。つまり、マリーとマリーの母が祖父母から学んだ漢語は、広東語ではなく北京語なのではないかと」

マリーは理由もわからないまま込み上げる涙をこらえる。祖父母が庶民の漢人でなく、北京の旗人であったからといって、いまの彼女になんの関係があるだろう。漢人であろうと旗人であろうと、信仰を選んで故地を捨てた人々に、なんの違いがあるだろう。

革命さえなければ、母の祖国にほのかな憧れと興味がなければ、こんな言葉も文化も違う国に、たったひとりでやってくることはなかった。

マリーの動揺を察した永璘は、両手を上下に振って、身振りと言葉で落ち着くようマリーを諭《さと》す。

「いまとなっては、マリーの素性《すじょう》を調べる手段はない。そなたがどこか地方の漢人の子孫で、祖父母の出身地も知らされず異国で育ち、いまは法国人《フランス》の糕點師《ガオディアンシー》としてこの国に滞在しているのであれば、なんの問題もない。だから十五阿哥も、見逃してくださった。マリーが北京語を学び話せるようになったのが、私と出会ってからだということにしておけば、誰もマリーの出自など気にすまい」

だけど、それは自分自身を偽《いつわ》っていることにならないか。母や祖父母の存在を、否定してしまったことにならないか。その祖父母と母が、はじめからマリーに嘘を教えていた可能性も、いっそう混乱の度を深める。

自分がどこの誰であるかもわからないまま、本当の自分自身でない別人を演じて、そこまでして異国で生きていく意味なんてあるのだろうか。

清国に来て初めて、マリーはフランスに帰りたくなった。

怒りとも哀《かな》しみともわからない気持ちを抱えて涙ぐみ、うなだれるマリーに、永璘は立ち上がって詫びの言葉をかける。

「もっと早く話しておかなかったのは、私の責任だ。紅蘭《こうらん》は以前から案じていたことだが、つい忙しい毎日にまぎれてしまった。この王府内で働いている限りは、そうそうそなたの出自が漏れることも、疑われることもあるまいと、油断していた。これから気をつければいいことだ」

紅蘭とは、穏やかで優しい人柄が魅力的な、永璘の嫡福晋、鈕祜祿《ニオフル》氏の名である。マリーの立場にも理解を示し、王府で孤立しがちなマリーに、なにくれとなく気を回してくれる。しかし、マリーの心の拠《よ》り所であったその鈕祜祿氏が、実はマリーの出自を怪しみ、そのことをずっと黙っていたのだ。

誰も信じられなくなってしまいそうだ。

「あの、すみません、老爺《ラオイエ》。なんだかもう、頭も胸もいっぱいで、何も考えられません。今日はもう、下がって休んでいいですか」

ようやくそれだけを、肺から絞り出すようにして言うと、マリーは形だけの拝礼をして杏花庵から飛び出した。

菓子職人見習いのマリーと、嫡福晋の鈕祜祿《ニオフル》氏

マリーは下女長屋に戻り、炕《かん》に寝床《ねどこ》を敷いて布団《ふとん》をかぶって丸くなる。

短い時間にいろんなことがありすぎ、言われすぎた。正直頭の中はぐちゃぐちゃで、まともな考えや、正しい結論など出せそうにもない。

ぎゅっと目をつぶり、胸当てに隠した小袋を引っ張り出して、中からロザリオを取り出す。母の形見のロザリオは、黒いオニキスとマリーの知らない木の数珠《じゅず》でできている。

マリーはロザリオの数珠玉を、人差し指と親指でひとつずつ繰《く》りながら、祈りの詞《ことば》を繰り返した。頭の中を聖句で満たし、心の痛みや誰かに対する怒り、母と祖父母に抱える疑惑も、神に捧げる言葉で浄化してしまおう。

いつの間にか微睡《まどろ》んでいたマリーは、物音とひとの話し声で目を覚《さ》ました。仕事を終えた小菊たちが長屋に帰ってきたのだ。

もぞもぞと起き上がったマリーに、小菊が夕食は食べられるかと訊ねる。具合を悪くして、寝込んでしまったと思われたらしい。

「うん。食べる」

おかしな時間に寝ついたせいだろう。頭が重く、ご飯や野菜炒め、スープの匂いも、食欲をそそらない。

——カフェオレで、クロワッサンが食べたいな。

寝起きのせいか、ぼんやりとした頭で故郷の味と香りを懐かしむ。牛乳なら、これからの季節は手に入るという燕児の話であったが、肝心《かんじん》のコーヒーは手に入らない。軍機大臣の邸宅に出入りしているという英国人の伝手《つて》で入手できるだろうか。しかし英国人はコーヒーよりも紅茶を好む。そう簡単には都合できないかもしれない。

味を感じないような食事でも、ひと眠りのあとの空腹が満たされると、気持ちは穏やかに、頭はすっきりとした。

マリーはこの日の午後に起きたことを、はじめから整理する。

第十五皇子永琰《えいえん》が、弟と密談をするために慶貝勒府《けいベイレふ》を訪れた。そのついで（？）に西洋嫌いの兄皇子は、西洋人の糕點師《ガオディアンシー》見習いの粗探しをするために、杏花庵へ立ち寄ったというのが大筋だったと思われる。

兄の思惑を察した永璘は、マリーと兄の対面を避けようとして黄丹《こうたん》を先回りさせたが、うまくいかなかった。

兄弟の密談部分はマリーとは関係ないので、念頭から除外し、そのついで（！）に冷やかしの対象にされたマリーは、知らず知らずのうちに西洋嫌いの皇子に対して不機嫌にさせることを言ってしまった。

最初は、和孝公主にガトー・オ・ショコラの作り方を教えて、その夫がとても喜んだと言ったとたん、十五皇子は機嫌を悪くした。

十五皇子は、末妹の結婚に反対だったという。妹の婿《むこ》になった天爵のことも、きっと快《こころよ》く思っていないのだろう。だから、間接的に天爵と和孝公主の仲を睦《むつ》まじくさせたマリーの菓子作りに腹を立て、八つ当たりしたのだ。

――なんて器の小さい！　次の皇帝ともあろう人物が！

勝手に次期皇帝に決めつけてしまっている自覚もなく、マリーは胸の内で十五皇子を非難した。吝嗇《けち》で陰湿な十一皇子と、西洋嫌いの十五皇子の、どちらが皇帝になればよいか、と訊かれたら、自分が嫌われていても永璘の同腹の皇子を推《お》すマリーであった。

次に十五皇子を怒らせたのが、マリーの出自に関するきな臭さだ。

マリーは首に下げた護符入れに指先で触れた。以前同室であった小梅《しょうばい》に作ってもらった護符入れには、婚約者のジャンから贈られた銀のメダリヨンがおさまっている。楕円形《だえんけい》のメダリヨンは、厨房の徒弟には高価過ぎる品物で、不必要に目立つことから小梅が袋を作ってくれたのだ。

メダリヨンには、マリーの宝物がふたつしまい込んである。ひとつはフランス王宮で催《もよお》されたお菓子のコンクールで優勝し、マリー・アントワネット王妃より拝領したルビーの指輪。もうひとつは母の書き残した漢語の書き付けだ。

あの書き付けには、何が書いてあるのだろうと思ったマリーは、炕《かん》の上に座り込んで護符袋からメダリヨンを取り出し、つまみを押した。パチンと音を立てて、メダリヨンが開く。転がり出てきたルビーの指輪を指に嵌《は》め、細密画を差し込む小さな溝《みぞ》にひっかかった紙きれをつまみ出して広げる。

マリーには、意味も読み方もわからない漢字が並んでいるだけだ。

マリーは自分の名前すら、永璘に教わらなければ漢字では書けなかった。母語であるフランス語の読み書きすらかなり怪しいのだから、漢語など読めるはずもない。だが、紙面に並んだ漢字には、マリーの母方の姓を示す『趙』の文字がないことから、少なくともマリーや母の姓名が書かれているわけではなさそうだ。

たとえばこの書き付けがマリーの、つまり祖父母の出自を明らかにするものであれば、つまりマリー永璘に見せた方がいいのだろうか。マリーの祖父母が旗人であるのならば、つまりマリーが旗人の子孫であるのならば、それこそ秀女に選ばれる資格もあるわけで――

「いやいやいや、何を考えているのよ」

おかしな方向へと思考が転がってしまった自分を、マリーは叱りつけた。夕刻の団欒《だんらん》や繕《つくろ》い物をしていた小菊たちが、驚いて顔を上げる。マリーは慌てて書き付けと指輪をメダリヨンにしまい込み、パチンと閉じた。

祖父母が旗人かもしれないという疑惑から、なんの関係もない秀女選抜を連想するとは、自分にも玉の輿願望があるのだろうか、とマリーは苦い気持ちになる。

異国へ逃げ、そこの王宮で厨房の料理人に身をやつしても、王子に見初められた『驢馬《ろば》の皮』のヒロインも元はといえば隣国の王女さまだ。そして『サンドリヨン』も継母に使用人扱いされたとしても、血筋正しい貴族の娘。どちらも生まれた時から、王侯の宮廷で生きるために必要な教養と作法を教え込まれた、正真正銘のお姫さまたちだった。

その一方では、森で出会った見知らぬ男をうかつに信じた、無垢《むく》で無教養な庶民の赤頭巾《あかずきん》は、悪い狼《おおかみ》に騙《だま》されて丸呑みにされてしまうのだ。

お伽噺は一見したところ、庶民の夢を描いているように見せているが、実は厳しい現実を突きつけている。

だから、庶民で頼れる親戚《しんせき》も縁故も持たないマリーは、手に職を持って自分の足で生きていこうと決意した。菓子職人として働ける道さえあれば、外国で修業することだって、怖くはなかった。

それが、もしかしたらこの北京に、祖父母を知る親戚がいるかもしれない、と夢想してしまう若い娘の愚《おろ》かさといったら！

マリーは自嘲《じちょう》する。永璘の言う通り、祖父母が話していた中華語が北京官話であれば、かれらはこの北京内城から江南へ逃れ、海を渡った旗人であったのだろう。だが、それはむしろ、マリーにとっても永璘にとっても、都合が悪いことのようだ。

旗人がキリスト教徒であることは、一般の漢人がキリスト教の信者であるよりも、厳しく追及、科罰される。そして旗人のキリスト教徒を匿《かくま》っていたとなれば、永璘の立場はひどく困ったものになるだろう。

もしも永璘が爵位を取り上げられたら、マリーだけでなく嫡福晋《ちゃくふくしん》はじめ他の妃たちや、まだやっと四歳になった公主、そして百人を超える使用人たちが路頭に迷う。

マリーは書き付けを捨てた方がよいのではと考えたが、母が残したもので、フランスから持ち出すことのできた唯一の物だ。何が書かれていようと、母自身の筆跡を捨てることなど、とてもできない。

昼間しっかり寝てしまったので、いつまでも寝付けない夜であったが、マリーは翌朝もいつも通りに起きて、みなと同じように下女部屋を出る。いつも通りに、高厨師が取り分けておいてくれた材料を受け取って杏花庵でお菓子を作り、台所を片付ける。

奥の部屋の炕《かん》に火を通さずとも、台所と前室の壁を覆《おお》う煉瓦《れんが》は窯によって温められ、その放出熱で、杏花庵はとても暖かい。

マリーは前室の作業台に、朝一番で焼いたクロワッサンに、ミルクをたっぷりと入れた紅茶を添えた。背もたれのない、丸い榻《とう》を寄せて腰かける。

イギリスとは対照的に、コーヒーの方が人気のあるフランスだが、紅茶派も少なくはない。飲み物には砂糖よりも蜂蜜の方が合うと個人的に思うマリーは、ミルクティーに蜂蜜を垂らすのが好みでもあった。

「でもやっぱり、クロワッサンにはカフェオレよね」

クロワッサンとミルクティーを交互に口に運びながら、マリーはため息をついた。

材料を使い尽くしてしまえば、あとはすることもない。

父のレシピを読み直し、この日に作った菓子の反省を冊子に書き綴《つづ》る。これも謹慎中の日課である。マリーはまだ筆が使いこなせないので、父の古いペンと残り乏《とぼ》しいインクで、永璘の秘書を務める鄭凜華《ていりんか》が都合してくれた小冊子に、小さな文字を横書きに書き込んでいく。ただ、清の紙はフランスのペンとの相性があまりよくない気がする。

残った時間は、北堂の宣教師アミヨーに借りている仏漢辞書を使いながら、これもアミヨーが著作した『中華の風俗慣習に関する覚書書』というフランス語の本を読む。

立派な革張り装幀《そうてい》の二冊の書籍は、マリーが中華の言葉と風俗を学び、そして同時にフランス語を忘れないためにとても役に立つ——はずである。

イエズス会などから派遣されたカトリックの宣教師は、単なる宗教の伝道者ではない。それぞれが専門分野の学問を修《おさ》めた科学者であり、あるいは数学者であったり、また絵画や音楽に優れた才能と技術を究めた芸術家であった。そしてそのほとんどが、派遣された先の言語を自在に使いこなす語学の天才でもあった。

そのアミヨーが、四十年の歳月をかけて研究した中華の言語と習俗、そして文化の集大成を、マリーに貸してくれた。永璘のような庇護者《ひごしゃ》もなく、鈕祜祿《ニオフル》氏のような理解者もなく、そして和孝公主のように身分を超えて共感できる友人もなく、ただ神の言葉のみを灯《とも》火《しび》として、遠い異国に赴《おもむ》いた宣教師たちの乗り越えてきた困苦を思うと、その知識を惜《お》しげもなく分け与えてくれるアミヨーの優しさと度量の大きさに、マリーはただ感謝の気持ちでいっぱいになる。

とはいうものの、正直に言って読めない単語や未知の語彙《ごい》、難しい言い回しが多く読むのに疲れる。知らない単語を辞書で調べても、初めて見る漢語が並んでいるだけで、さっぱりわからない。

フランスから持ってきた母の形見の仏漢辞書は薄く、移民に必要な日用の両言語の語彙を対比させただけの簡易なものだ。出会った当時は限られた漢語の語彙と、日常会話に必要な簡単な言い回ししか知らなかったマリーと、永璘とのその場しのぎの意思の疎通を助けてくれた辞書だが、漢字の読み方も例文もなく、フランスの知識層のために書かれた書籍の読解と学習の役には立たない。

箇条書きのレシピ以外では、勤務先のホテルに置かれていた新聞のゴシップ欄しか、まとまった文章を読むことのなかったマリーだ。母国語の書籍とはいえ、びっしりと書き込まれたアミヨーの著作は、一日に一ページを読み進めるのがやっとであった。

その日も、さて何行読めるかと紅茶を入れ替えようとしたとき、杏花庵に客が訪れた気配がした。和孝公主は昨日の今日だから訪れるはずもなく、永璘は朝議から帰っていない時間だ。黄丹はマリーがいようといまいと、掃除や薪と水の配達のために勝手に出入りする。

マリーが扉を開けると、いままさに声をかけようとしていた上級使用人が、驚きに目を瞠《ゆ》ってマリーを見つめた。上質の絹だが派手な模様や柄のない長袍《チャンパオ》と、高めに結った両把頭《りょうはとう》に挿した大きな造花や玉簪《たまかんざし》。マリーとは顔見知りの、嫡福晋の鈕祜祿《ニオフル》氏に仕える侍女である。

鈕祜祿氏に遣わされたのかと、マリーは軽く膝を折って挨拶をした。侍女は優雅に会釈を返す。その侍女の背後に、金や玉で両把頭を飾り付け、刺繡《ししゅう》の細やかな長袍の上には真綿を入れた外套《がいとう》を羽織り、貂《てん》の襟巻《えりま》きに耳覆いで防寒した貴婦人、鈕祜祿氏の姿を見つけてさらに深く膝を曲げた。型通りの口上で挨拶する。

「瑪麗《マリー》、立ち上がって」

鈕祜祿氏はにこやかに進み出ると、両手を差し出してマリーの手を取った。

鈕祜祿氏に同行した侍女は、主人が身内や同輩の女性に対する拉拉礼《ろうろうれい》を使用人のマリーに対してとるのを、複雑な面持ちで見つめている。

嫡福晋《つうふしん》の紅蘭《こうらん》は、建国以来多くの重臣を輩出してきた鈕祜祿氏の出だ。その性状は温厚で慎み深く、名門氏族の令嬢にありがちな高慢さは、かけらも持ち合わせない。

マリーは、欧州を訪問していた永璘一行とともに革命のパリから脱出し、ブレスト港まで案内した。鈕祜祿氏は夫の命の恩人を、使用人として遇することにわだかまりがあるのだ。

しかし、使用人であることを望むマリーの意思を尊重し、また事情を理解しない周囲への配慮もあって、人前では厳しくマリーに作法を守らせようとする。そして、自室か杏花庵のように人目のないところでは、両手を取って親しみを表してくれるのだ。

皇子の正妃に選ばれるだけあって、目鼻立ちは上品に整い表情は優しげ、物腰は優雅で、マリーはフランス王妃マリー・アントワネットの次に、この鈕祜祿《ニオフル》氏を崇拝している。

「風も暖かくなってきましたね。杏花庵でのお仕事も、慣れてきましたか、瑪麗《マリー》」

マリーは鈕祜祿氏の手を取って、奥の部屋へと案内した。満族の貴婦人は、底の高い花《か》盆靴《ぼんぐつ》という不安定な靴を履いているので、介添《かいぞ》えの近侍がいつも付き添っている。

鈕祜祿氏をここまで連れてきた侍女は、ふたりの邪魔にならないよう、台所に控えるつもりらしく、奥へはついてこない。

「ええ、手に入る材料でできるもので、父のレシピにあるお菓子のおさらいが一段落したところです」

マリーはとっておきの菓子器に、クロワッサンと蜜漬《みつづけ》サクランボのタルトを載せ、秘蔵のティーセットを出して紅茶を淹れた。

「紅茶がお口に合わなければ、黄丹さんがここに置いてる緑茶をお出しします。上等の白茶や緑茶は淹れ方がまだまだ、って黄丹さんに叱られているので、奥様にお出しするのは失礼かなと思うものですから」

鈕祜祿氏は紅茶から立ち昇る香気を吸い込んで、ゆっくりと息を吐いた。

「いつもと違う場所でいただく異国の茶菓なら、珍しいお茶も楽しいことですよ。香りの強いお茶なのですね。色も、透《す》き通ったとてもきれいな赤。紅玉のようです」

鈕祜祿氏が見慣れないことや珍しいことなど、清国の常識から逸脱《いつだつ》したことがらを批判するのを、マリーは耳にしたことがない。いつも、ものごとの良い側面だけを捉えて、ひとや物を褒めることの得意な鈕祜祿氏だ。そして、自邸では見たことのない、取っ手のついた口の広い茶杯と、茶杯と同じ絵を染め付けた受け皿を、興味深げに眺める。

「紅茶の紅と、お茶の器に描かれた薔薇《ばら》の色とが合っています。菓子器と茶器が対になっているのですね。金彩の縁《ふち》取りの美しいこと。法国《フランス》の陶器ですか」

「自宅から持ってくることのできた、わずかな財産です。両親の結婚記念日にそろえた、会食用食器の、ほんの一部なんですけど。大皿小皿、盛り付け皿、スープのボウルにソースのボート、銀のカトラリー。とっておきのテーブルクロスを大きなテーブルにかけて、お祭りや記念日に使うための。でも、ほとんど置いてきてしまいました。とっさに持ち出せたのは、菓子器と小皿、カップとカップの受け皿だけでした。記念日やお祭りのときしか使わない食器のセットとは別に、お客さん用の茶器は出しやすい場所に置いてありましたから」

「それは、大変な宝物ですね。暴動で家を燃やされ、命からがら逃げ出してきたと聞いていましたが、一式の茶器を持ち出すのは大変だったでしょう」

マリーがフランスから持ってきたトランクとその中身は、父の二十年にわたるレシピの束、菓子作りの道具と香料、そしてこの茶器が大半を占めていた。全財産にしてはささやかな物だが、暴動で混乱し炎上する家屋から持ち出すには、中身はこまごまとして、トランクはマリーには大き過ぎ、重過ぎる。

パリ脱出については、断片的な話しか聞いていない鈕祜祿《ニオフル》氏が、不思議に思うのも当然である。マリーは嘆息して、国を出たときに封印した記憶を呼び起こす。

「三部《さんぶ》会《かい》が開催された前後から、パリや地方の治安は悪くなっていました。冷害が続いて、小麦粉の値段が上がり、庶民は食べるものに事欠く日々でした。そのため、暴動や打ち壊しがあちこちで起きていました。貴族や富豪はパリからの避難や亡命の準備をしていたそうです。第三身分の平民といえども、資産のあるブルジョアジーや、貴族に仕える私たちも、失業者や反王党派にとっては憎悪の対象でした。このまま三部会が決裂してしまったら、私たちの身も危ないだろうと父は考え、貴重品をまとめて荷造りをさせました。でも本当に革命が起きるなんて、私は夢にも思っていませんでした」

　暴動はマリーの予想を超えて実現した。

　鮮明に甦《よみがえ》る恐ろしい記憶に、マリーの声が震える。

鈕祜祿《ニオフル》氏には、投票権を持つ聖職者、貴族、平民の代表が国の財政を左右する三部会という、フランスの身分制度や政治を理解することは難しいようであった。被支配者が集まって、君主に意見を物申すことなど、清国では許されることではなかったからだ。とはいえ、民衆の蜂起はどの国の君主にとっても現実的な脅威である。鈕祜祿氏はマリーの不運とフランス王国に降りかかった災厄に、同情の息を漏らした。

「天災が続くのは、君主の不徳のいたすところ。どんな王朝も、いずれは天命が尽きます。法国《フランス》の王には気の毒なことですが、祖国のそのような時代にマリーが生まれあわせたのは、災難でしたね」

首を小さくふり、話題を変える。

「茶壺の形が面白いです。ご両親は薔薇の花がお好きだったのね」

ティーポットに手を添えて、鈕祜祿氏は微笑んだ。

マリーは両親の好きだった花が、薔薇であったかどうかは覚えていない。マリーが九歳の時に亡くなった母親は、市場で花が買える日は、その花がなんであろうと買って帰っていた記憶はある。

「はい」

鈕祜祿氏はクロワッサンが甘くないことに驚く。マリーはクロワッサンは菓子ではなく麵麭《パン》であるが、生地はパイと同じ作り方なので、麵麭職人ではないマリーにも作れると説明した。クロワッサンはジャムやクリームを挟んで菓子としても食べられ、チーズやハムを挟んで軽食にするのも好まれると。

「奶油《ナイヨウ》の香りと味が濃厚ですね。ずいぶんと久しぶりな気がします」

清国ではバターもクリームも奶油と呼ぶので、マリーは高厨師に注文するときに困る。『塊《かたまり》の方』と言い忘れて、クリームが納品されてしまい、バターを分離させることから始める朝もあった。

そういう話をすると、鈕祜祿氏はころころと楽しそうに笑う。

「こちらに勤め始めた当初は、牛乳も乳製品も手に入らないと言われて、清国のひとたちは酪農《らくのう》はしないのだと思っていました」

とするアミヨーより以前の宣教師たちが、故郷の味を偲《しの》んでワインとなる葡萄《ぶどう》の苗を育てようとしたり、乳牛を求めようとしたりしたが、いずれも失敗したという。仔牛を産んだ母牛から採った乳の味はひどいものだったとも。それでもあきらめず、教堂内で消費できる乳牛を調達し、改良するのに、それから何十年とかかったというのが、バターやクリームを惜しみなく分けてくれるアミヨーや他の宣教師の話であった。

鈕祜禄《ニオフル》氏は穏やかにうなずいた。

「三代目の順治帝《じゅんちてい》が清の都を北京と定めてから、皇上で六代を数える現在、わたくしたちの食事は、かなり漢族に近いものになっています。われわれ満洲《マンジュ》族はもともと北方の狩猟民族でしたが、農耕もしますし、牛羊の牧畜を生業《なりわい》とする領民もおります。牛だけではなく、羊や山羊、馬の乳も食用にしますが、漢族は馬や牛羊から乳を採ることをしませんし、北京の周辺で牧畜を営《いとな》む領民は数が限られていますから、内城に住む、すべての満洲の民に行き渡るだけの牛羊の乳は、量が足りていないのですよ」

欧州では庶民でも日常的に口にする乳製品だが、清国では支配層にとっても贅沢品《ぜいたくひん》なのだ。慶貝勒府《けいベイレふ》には、隷下《れいか》の民に牧畜をする奴僕《ボーイ》もいないため、家計を引き締めていた鈕祜禄氏は、永璘が不在のときは乳製品の購入を抑えていたという。

マリーは永璘の母妃が、身分の低い旗人の出であったことを思い出した。清朝においては、爵位を賜《たまわ》り王府を開いた皇族に与えられるのは領地ではなく、収入源は国庫より支払われる俸給である。慶貝勒府の経営事情など想像もつかないマリーだが、庶民から見れば豪奢《ごうしゃ》な暮らしも、切り詰めるところは切り詰めてこそ可能なのだろう。

「すみません」

マリーは思わず謝罪の言葉を口にする。鈕祜祿氏は眉を上げて微笑む。

「どうして瑪麗《マリー》が謝るのですか。貝勒さまがお戻りになられたのですから、必要な物は用意します。実は、和敬公主さまにお願いして、酪農をする牧畜民を譲り受けるお話も進めています。これからは、この外がさっくりはりはりして、中がふわっと奶油《ナイヨウ》風味たっぷりの麵麭《パン》も、たくさん作ってくださいね」

和敬公主はモンゴルの王侯に降嫁した、当年六十一歳になる最年長の公主だが、遠くモンゴルの地に嫁がず、北京に住んでいる。大勢の遊牧民を抱えていることから、都合してもらうのも話が早いそうだ。

なかなか厨房の点心局へ復帰できる目処《めど》は立たないが、鈕祜祿氏や和孝公主のおかげで、いままで困難だった材料の調達が可能になるなど、少しずつ前に進んでいるような気のしてくるマリーだ。

「それでね、瑪麗」

すっと、鈕祜祿氏の目と口元から笑みが退《ひ》いた。

「貝勒さまから、昨日のことを伺いました。説明が良くなくて、瑪麗をつらい気持ちにさせてしまったようだと」

「私の、祖父母の出身地のことですか」

マリーはおずおずと訊ねる。

「それもありますが、和孝公主さまと豊紳殷徳《フエンシエンインドウ》さまとのかかわりも、嘉親王さまにはお気に召さなかったそうですね。それぞれのことを、マリーは知っていた方がいいと、貝勒《ベイレ》さまはご判断なされました」

「それで今日は、奥さまがおいでになったのですか」

マリーは身を乗り出した。昨日は混乱して永璘の話を落ち着いて聞けず、感情的になって話の半ばで逃げ出してしまった。

「はい。母方の親族に、真実ではないことを信じ込まされていたことを知るのは、とてもつらかったでしょう」

「私の祖父母が嘘をついていたと、奥さまもおっしゃるのですか」

急《せ》き込んで抗議するマリーに、鈕祜祿《ニオフル》氏は悲しげに微笑む。

「瑪麗《マリー》は、澳門《マカオ》から長江《ちょうこう》を渡るまで、その地の漢人の話す言葉が理解できましたか」

マリーは返す言葉もなく呆然とした。旅の日々を思い出すまでもない。港に下りたその日から、かれらの話す言葉が聞き取れなかったし、こちらから話すこともわかってもらえなかった。永璘から、清国は大きな国だから、地方や階層によって方言や発音が異なると説明された。それは地中海沿岸の南フランス方言と、イギリス海峡に面した北部の方言との差異どころではなく、ヨーロッパ各国の言語間と同じぐらい、意思の疎通が不可能であると聞いて驚いたマリーであった。

祖父母が、孫に嘘までついて自分たちの出自を隠さねばならなかった理由。

「瑪麗。でも、それはあなたのためを思ってついた嘘と、思われます。瑪麗の祖父母の世代に起きた耶蘇教徒の弾圧は、それは苛烈なものだったと聞いています。ともに海を渡った漢人は、旗人に対して好意的ではなかったでしょう。満洲族の血を引くと知られたら、嫌な思いをするかもしれません。瑪麗のお母さまが華人の居留地から離れて法国《フランス》人に伴侶を求めた理由も、余人にはわからない事情があったのかもしれませんね」

そして、マリーの母方が旗人である可能性を隠さねばならない理由も、鈕祜祿氏は丁寧に話してくれた。

旗人に対する禁教取り締まりが特に厳しいことは、永璘が前日に話したことの繰り返しであったが、もしも母方の親戚がいまも内城に住む旗人であれば、そちらにも氏族からキリスト教徒を出したことで累《るい》が及ぶ。自分たちに火の粉がかかるのを避けようと、マリーを排除しようとするかもしれない。そうすると永璘とこの慶貝勒府にも、当局の調査の手が伸びる。

マリーは驚き、口を開いては閉じる。

「そんな、老爺《ラオイエ》や奥さまが罪に問われるようなことになるのなら、私は今日にでも出て行きます」

息も浅く、どうにかそれだけ言うと、マリーは胸を押さえた。鈕祜祿氏は淡く微笑み、首を横に振った。

「いまから誰かを法国《フランス》に遣わして、瑪麗《マリー》の出自を調べさせない限り、明らかになることは何もありません。瑪麗はこれまで信じていたことを忘れて、『出身地はわからないけども、祖先が華人移民の法国人』として振る舞っていればよいのです。北京官話も、貝勒《ベイレ》さまに教えられ、この王府に来てから上達したことになさい。それで何も悪いことは起きませんし」

マリーはうつむいて「はい」と答えた。一日が経っているせいもあり、鈕祜祿《ニオフル》氏の説明と警告は、すんなりとマリーの胸に落ち着いた。永璘に対して腹立ちが先に立つのは、そうした説明もなく連れてこられたことや、曖昧《あいまい》な関係で一年以上も旅をともにしたことから、心の距離がとりにくくなっているのだろう。

嘘をつくわけではない。言う必要のないことは、言わないだけのことだ。マリー自身でなく、マリーの母の出自を詮索する人間など、はじめからろくな目的で近づいてはこない。

「用心なさいね。瑪麗はこれから、さまざまな清国人と出会うでしょう。あなたが聡明な娘であることは、貝勒さまもわたくしもわかっていますが、ときに愚鈍《ぐどん》と思われるほど何も話さない方が、おのれの身を守ることもあります。本当に、心から信じられる相手だけに、家族の話をなさい」

マリーが「はい」と素直にうなずくと、鈕祜祿氏はマリーの手を取って、朗《ほが》らかに微笑む。

「瑪麗が港まで導いてくれなければ、生きて清国に帰れなかったかもしれないと、貝勒さまは仰せになっていました。ですから、わたくしたちは、瑪麗がこの王府にいる限りは身内と思って養い守ります。瑪麗がどこか別のところへ行きたいとか、法国へ帰りたいと思う日が来たら、当家の力の及ぶ限りの援助をすると決めています。しきたりや世間体もあって、思うに任せないところもありますが、あなたを娘とも妹とも思っていますよ。わたくしたちを信じてくださいね。瑪麗」

鈕祜祿氏の示した心のまことの温かさに、マリーは目頭が熱くなって、不覚にも滲《にじ》んだ涙を袖で拭いた。

「いっぱい、わがままを通したり、騒動を起こしたり、老爺《ラオイエ》の兄皇子さまを怒らせたり、迷惑をかけているのに、ですか」

本当はマリーにもわかっていた。自分はこの王府の調和を乱す異分子であることを。

一夫多妻という夫婦と家族のあり方に、なんの疑問も持たない鈕祜祿氏であれば、身寄りのないマリーを夫の命の恩人として引き取り、不自由のない暮らしをさせることが、嫡福晋の務めと考えるだろう。男ばかりの厨房にマリーを徒弟として受け入れさせるよりも、永璘の妃妾のひとりとして邸の奥深くに部屋を与え、衣食住の世話をみる方が、どこにも角を立てずにすむだけ、ずっと楽なはずだ。

それにもかかわらず、菓子職人の修業を続けたいマリーの希望を聞き入れ、使用人として受け入れながら、身内のように心配りをしてくれている。

しかし、現実はうまくいかない。

マリーは、使用人たちに永璘との関係を邪推《じゃすい》されるのにも疲れていた。

小菊の言うように、使用人ではなく永璘の『お部屋さま』におさまってしまえば、誰もマリーが異国人であることに文句は言わなくなるだろう。厨房からマリーを追い出した王厨師だって、マリーに頭を下げなくてはならなくなる。

謹慎という処分を受けたとはいえ、厨房を出て行かせる代わりに、永璘が杏花庵に洋風の菓子工房を造らせたのも、破格の扱いだ。これをもって『お部屋さま』と陰でささやく使用人もいるだろう。

ブレスト港を出航したときは、ここまで異国の常識に沿って生きることが難しいとは、想像もしていなかった。

自分自身がぶち当たり続けている壁の厚さと、それでも夢をあきらめきれないマリーのかたわらに寄り添ってくれる鈕祜祿《ニオフル》氏。マリーは言葉も出なくなって、膝の上に置いた拳をぎゅっと握る。

「ねえ、瑪麗《マリー》。あなたは永璘さまのお描きになった絵を、見たことがあるそうですね」

悲しそうな、それでもまだ微笑は湛《たた》えたまま、鈕祜祿氏はマリーに訊ねた。マリーは緊張しつつ、小さくうなずく。

「瑪麗は、永璘さまの絵は好きですか」

マリーは最後に見た、澳門《マカオ》の夏の風景画をまぶたに浮かべた。

とても写実的で、奥行きがあり、空の色は高く突き抜けた鮮やかな青。波はジャンク船を揺らし、港は人々の活気であふれている。それから、パリで見せられた数々の描画。水彩、油絵。ホテルの新聞に掲載された風刺画も、戯画化された人物や情景の意味をマリーに訊ねては、上手に模写してみせる。マリーの似顔絵を描いてくれたこともあった。

「大好きです。色使いも、人物の表情も、背景の明るさも生き生きとして、老爺《ラオイエ》のお人柄が出ています。それこそ、フランスの名画家ヴァン・ローとかニコラ・コワペルとか、えっと、フラゴナールにだって、劣《おと》りません！」

マリーは絵画や画家に詳しいわけではなかった。永璘はホテルや訪れた画廊、宮殿などで絵画に目を留めては、マリーに表題や作者の名を訊ねた。そのたびにマリーはプレートを読み上げては教えていた。そのときの、漠然と記憶に残っていた画家の名を思い浮かぶままに口にしただけだ。

「カスティリヨーネよりも、上手に描かれますか」

鈕祜祿氏は細くかすれた声で、恐ろしい秘密を打ち明けるようにささやく。

急にヨーロッパ人の、それも短くはない名前をつかえることもなく口にした鈕祜祿氏に、マリーは驚き戸惑った。

「え？　カス――って、すみません。知らないです。あの、フランス人の画家ではないですよね。イタリア人のようですが」

見たことのある、有名なイタリア人画家の絵と名前を思い出そうと考え込むマリーを前に、鈕祜祿氏は視線を卓の上に落として、空のティーカップを見つめている。手にはいつのまにか袖から引き出した手巾《ハンカチ》を握りしめていた。

「瑪麗《マリー》にだけ、話しておきますね。他言無用です。永璘さまが欧州へ行かれた本当の目的は、カスティリヨーネという画家の絵を探し出すためだったのです。旅半ばにして帰国することになったため、見つけることはできなかったそうですが」

鈕祜祿《ニオフル》氏の面に表れる感情の動きは、流れる水のようにひとつの形には留まらない。悲しさや苦渋といったわかりやすい影。そして、嫉妬《しっと》とも羨望《せんぼう》とも見える頬の強ばり。

鈕祜祿氏は食いしばった奥歯をなだめるように、右手で頬を撫で、ふうと息を吐いた。

「いえ、それはともかく。すでにどうしようもないこと。わたくしたちが瑪麗にここにいて欲しい理由が、恩返しや西洋のお菓子以上になにか必要なら、永璘さまの絵のために、この王府に留まってくれませんか」

まぶたを押さえる鈕祜祿氏の指は、かすかに震えている。

「詳しいことはわたくしも知らないのですが、永璘さまは皇上によって、子どものときから絵を描くことを禁じられております。どうしても絵を描くことを我慢《がまん》できなかった永璘さまに、皇上は描くのをお許しになる代わりに、描き上げた絵を清国の人間には決して見せてはいけないと、固くお命じになったそうです。だから、わたくしも永璘さまの絵を見たことはありません。ですが、瑪麗には想像できますね。お菓子を作るのが大好きなあなたが、もしお菓子を作ることを禁じられたら。そして、あなたが心を込めて作ったお菓子を、誰も食べることが許されなかったら――」

そんなことを想像しただけで、マリーは胸が締め付けられるように痛む。

永璘が七歳の時に、乾隆帝から絵を描くことを禁じられたということは、マリーはアミヨー神父から聞いて知っている。しかし、天与の才というものは、皇帝の絶対の命令であろうと、抑えつけてはおけないものだ。そして描き続けることの代償が、その絵を誰にも、決して見せないということであるなどと、とても信じがたい。

「どうして皇上は、老爺《ラオイエ》にそのようなご命令をなさったのですか」

アミヨーに話を聞いてから、ずっと不思議に思っていたことを、マリーは鈕祜祿氏に訊ねる。しかし鈕祜祿氏は首を横に振った。

「わたくしは知りません。永璘さまも、ご存知ないのです。ただ、その理由を、ずっと探しておいでです」

「あの、欧州へ渡航されたのも、その、カスティリヨーネという画家も、絵を描いてはいけない理由と関係があるのですか」

鈕祜祿氏は顔を上げて、マリーの目を見つめた。

「おそらく。清国人であるわたくしに、永璘さまが話せることは限られています」

夫の抱えている秘密を共有できない。それは妻にとってどれだけ苦しく、許しがたいことだろう。しかし、ことが皇帝の命令であれば、黙って耐えるしかないことも、骨の髄《ずい》から理解している鈕祜祿氏であった。

「瑪麗、お願いします。絵のことで永璘さまがあなたの助けを必要とするときは、手を貸して差しあげてくれますか」

鈕祜祿氏《ニオフル》の必死な瞳に、その頼みがどういう意味を持つのか、考えるいとまもなくマリーはこくりとうなずき返す。

「それは、もう。老爺《ラオイエ》と奥さまのお役にたてることでしたら、できることはなんでもします」

乾隆帝が末の王子に絵を描くことを禁じた理由など、皇帝本人しか知り得ないことだ。そして語られぬ理由を問い返すことは、一介の皇子である永璘には許されず、ましてや庶民で外国人のマリーが「どうしてですか」などと皇帝に訊きにいけるものでもない。

ただ、慶貝勒府《けいベイレふ》を出て行かずにすむ理由だとか、そういう損得ずくでなく、大好きな鈕祜祿氏に頼りにされていることが、ただ単に、そして舞い上がるほどマリーは嬉しかった。

第二話

紫禁城のフランス人

西暦一七九一年　乾隆五六年　春
北京内城　紫禁城

菓子職人見習いのマリー、後宮へ誘われる

「まあ。十五兄さまとお話ししたの？」

和孝《わこう》公主は、左手に持った茶碗に伏せられた蓋を、右手でずらして口に運び、香りの高い白茶をすするようにして飲む。

マリーも、茶碗の外側がやけどするほどではないことを確かめてから、和孝公主の作法をまねて白茶をすすった。

その日のマリーは、清国の行儀作法を学ぶために、和孝公主とその夫の豊紳殷徳《フエンシエンインドウ》が仲良く暮らす邸宅を訪れていた。

マリーに甘い永璘《えいりん》と、優しすぎる鈕祜祿《ニオフル》氏では徹底したレッスンにならないと、和孝公主がマリーの行儀作法指導を引き受けているのだ。

祖父母と母の出自については、他言無用と鈕祜祿氏に釘を刺されていたので、詳しいことは話せない。和孝公主に話したのは、マリーの受け応えが十五王子の永琰《えいえん》のお気に召さなかったことだ。

「西洋人がお嫌いだと聞いていたので、なるべく慎重にお応えしていたのですが、何を言

って も嫌な顔をされるので、どうしていいのか。西洋菓子を所望されたときは、よいきっかけになれば、と思って、朝に公主さまといっしょに作ったガトー・ショコラをお出ししたのですが、公主さまが豊紳殷徳《フェンシェンインドゥ》さまのためにお作りになったのと同じガトーだと話したところで、老爺《ラオイエ》に部屋を追い出されてしまいました」

和孝公主は口元に手巾《ハンカチ》を当てて、苦笑を隠した。

「ああ、それは十七兄さまが悪いわ。十五兄さまの前で、豊紳殷徳さまの名前を出してはだめだと、マリーに言っておかなかったのね」

「老爺は、嘉親王《かしんのう》さまと私が顔を合わせないように、黄丹《こうたん》さんにお命じになったんですが、行き違いになってしまって」

「それで、十五兄さまと鉢合わせしたのね。十七兄さまの慌てる顔が想像できてしまうわ。見そびれて残念」

マリーは永璘の狼狽《ろうばい》ぶりを思い浮かべ、永璘でもそういう顔をするのだとあらためて思う。自宅の王府では頂点に立つかれも、兄や父の前では永璘の前の黄丹のように、相手の顔色を窺《うかが》って小さく畏《かしこ》まってしまう。

「大変なんですね。家族なのに、身分差があって。私は一人っ子で、親戚とも付き合いがなかったから、そういうところに気を配れなくて。この国の常識とか、ちゃんと肌でわかる日がくるのか、とても不安になっています」

マリーは神妙な顔で、和孝公主に打ち明けた。和孝は襟足《えりあし》に指を当てて考え込む。

「本当にねぇ、行儀作法以外にも、マリーが知っておくべきことはたくさんあるのだけど、すぐには考えつかないわ。その場になってみないと、教えられないことも多いし。とりあえず、十五兄さまの前では、わたくしや豊紳殷徳《フェンシェンインドゥ》さまの名を出さないようになさいな」

マリーはすっかり不安になってしまう。厨房で一日中働いていれば、訪問客どころか上級の使用人とすら顔を合わせる心配はない。しかし、西園の杏花庵《きょうかあん》に通っていると、どこで誰に遭遇するかわからないのだ。

杏花庵はもともと、西園を散策する王府の家族と客が、休憩《きゅうけい》するために用意された小屋だ。以前は黄丹の師匠《ししょう》であった太監《たいかん》の茶房であり、茶師であったその太監が、永璘とその家族のために茶の用意をしていたという。

永璘の嫡福晋《ちゃくふくしん》の鈕祜祿《ニオフル》氏も、天気の良い日は散歩がてらに立ち寄ったということだ。季節外れのこのごろでは、永璘のひとり娘、年が明けて四歳になった公主の出現率がもっとも高い。侍女や太監の監視をすりぬけて宮殿を抜け出し、ひとりで西園に出没しては、杏花庵にお菓子をねだりにくる。

西園には、川や池もあり、繁《しげ》みの背後には小さな崖などもあるので、幼女がひとりでふらついていい場所ではないのだが、なかなか賢い幼児らしく、大人の使用人が知らない邸内の抜け道をいくつか知っているらしい。

そうした回想を頭の隅に押しやり、マリーは和孝公主に訊ねた。

「私がお訊ねするのは失礼ではと思うのですが、嘉親王さまと天爵《てんしゃく》さまは、仲がお悪いのですか」

和孝公主は眉を曇《くも》らせる。

「豊紳殷徳《フェンシェンインドゥ》さまは十五兄さまを怖がっているけど、仲が悪い、ということはないわ。十五兄さまが嫌っているのは、舅《しゅうと》さまの和珅《ヘシェン》」

「軍機大臣の、ですか」

和珅は乾隆帝《けんりゅうてい》の寵臣《ちょうしん》であり、皇帝の次に権力を握る清国一の富豪でもある。世界でもっとも裕福な男の威勢を、現皇帝の皇子たちでさえ制することはできない。

和孝公主はマリーの隣に席を移して、耳に頬を寄せるようにして話しかける。

「我々は、外部の人間には決してこういう話はしないのだけどね。マリーはすでに十七兄さまのお気に入りで、わたくしの甜心の師でもあるから、いわば身内のようなもの。これから嫌でも面倒なことに巻き込まれたり、あなたの存在を利用しようと考えたりする者が出てくるかもしれない。愛新覚羅《あいしんかくら》の親戚姻戚関係について、何も知らないでいると命取り」

部屋の隅に控える近侍にも聞き取れないほどの小声に、マリーはこれから和孝が明かそうとする秘密の重さにおののく。

「わたくしが和珅の息子に嫁ぐことが決まったとき、十五兄さまはそれはそれは心配なさったの。何日もお食事が喉を通らなかったと、お側の者たちが心配して噂したというくらいだから、それはきっと本当のことよね」

福々しいという表現では控えめにすぎるほど、恰幅《かっぷく》の良い十五皇子だ。それが妹可愛《かわい》さのあまりに何日も食欲を失ったのだから、妹の降嫁は、十五皇子にとって真剣に憂慮《ゆうりょ》すべきことだったのだろう。

「でも、天爵さまは気さくで温かなお方ですし、公主さまとは仲良しでいらして、とてもお幸せそうに見えますが」

マリーは思うところを正直に言った。

「ええ。わたくしたちは、幼いころからの気心の知れた遊び相手ですから、互いの気性もよくわかっています。あの方はこの世界には希《まれ》な、真っ直ぐで健《すこ》やかな魂の持ち主なの。だから、わたくしと豊紳殷徳《フェンシェンインドゥ》さまは、きっとうまくやっていけると思います」

まるで自分の言葉を信じ切れないかのように、和孝公主の表情は硬く、声にはいつもの張りはない。視線はどこか遠くの一点を見つめている。

マリーは相槌を打つことさえ憚《はばか》られて、息を潜めて次の言葉を待った。

「十五兄さまが和珅《ヘシエン》を嫌うのは、義父が皇上より受けている恩寵を、臣下として正しく返すことをしないから。皇上の寵をかさに着て、賄賂《わいろ》を受け取り、政道を恣《ほしいまま》に動かしては政敵を陥《おとしい》れていくものだから、義父を憎んでいるのは十五兄さまだけではないわ。このままでは、わたくしと豊紳殷徳さまの将来は平穏なものではないでしょうね」

和孝は厳しい眼差しで卓上の茶碗を見つめ、重々しく宣言した。

避けがたく、生き延びることも難しい嵐は、やがて必ず訪れる。お姫さま育ちと思っていた年下の友人に、そんな静かな覚悟を見せつけられたマリーは、言葉もなく卓に置かれた和孝の手に自分の手を重ねた。

　マリーの気遣いに、和孝はふわりと微笑んだ。

「わたくしは大丈夫。十五兄さまはわたくしを愛《いと》おしんでくださるから。それよりも、危ういのは、マリーの立場。十五兄さまが西洋人のマリーを気に入らないとお考えになって、十七兄さまに王府から追い出せと命じられたら、十七兄さまは従わないわけにはいかないでしょう。単に西洋嫌いでは弟の家内にまでは口を出せなかったところに、マリーが騒動の原因となって、厨房を追い出されたことをお知りになったのかもしれない。長上として、家長の自覚を促すために弟の家政に干渉《かんしょう》なさる、絶好の機会ですもの。まして、十七兄さまの家属が、和珅《ヘシエン》の息子と昵懇《じっこん》になるなんて、十五兄さまには我慢がならないことだったのかもしれないわね」

　マリーは、アーモンド騒動が慶《けい》貝勒《ベイレ》府《ふ》の外まで知れ渡り、予想以上の波紋を広げていたことを知り、愕然《がくぜん》とする。鈕祜祿《ニオフル》氏は、できる限りはマリーをかばってくれると約束してくれた。しかし、マリーがそこにいるだけで、自分は何をやってもやらなくても、この国では火種にしかならない気がする。

　ぼうっとした頭で悩むマリーの横で、和孝公主がつぶやいた。

「まだ早いと思っていたけども、少し急いだ方がいいかもしれないわね」

和孝公主のつぶやきをよそに、マリーは嘆息した。

厨房に戻り、高厨師のもとで修業を続けることは絶望的なのだろうか。ならば、永璘の邸は辞してフランスへ帰る算段を始めた方がいいのかもしれない。自分の描いた絵を清国人に見せることも、その話をすることも禁じられた永璘のために、慶貝勒府《けいベイレふ》に留まり続けると鈕祜祿氏《ニオフル》と約束したばかりなのに。

どうしたものかと自分の思いに沈んでいたマリーは、和孝の次の言葉に我に返った。

「ねえ、マリー。そろそろ、紫禁城《しきんじょう》に上がってみないこと？」

「はい？」

公主に対する返答としては、不敬の罰を受けても文句は言えないのだが、あまりに唐突なことを訊かれて、反射的に問い返してしまったものはどうしようもない。

「紫禁城って、あの紫禁城ですか。皇城の濠《ほり》に囲まれた？」

「ええ、ほかに紫禁城があって？」

あるわけがない。

「こここ、皇帝陛下《へいか》にお目にかかるのですか」

驚きと緊張に言葉を閊《つか》えさせながら、マリーは問い返す。その滑稽《こっけい》な慌てぶりに、和孝は楽しげに笑い声を上げた。

「いいえ、皇上の謁見《えっけん》はまだ無理だわ。マリーがまず紫禁城の空気に慣れるために、わたくしの母妃さまのご機嫌伺いをしましょう。あなたに教えてもらったお菓子を作って、母妃さまに召し上がっていただくの。後宮にマリーの味方を増やしていけば、十五兄さまも気軽にマリーを追い出したりはできないわ。我ながらなんて名案！」

マリーは和孝の名案を咀嚼《そしやく》できずに、目をパチパチさせる。頭の中では『紫禁城・妃・後宮』という単語が何百という蜜蜂《みつばち》の羽音のように、音を立てながら飛び回りだした。

和孝公主にとっては、後宮は自分が生まれ育った場所であり、妃は母親で、紫禁城の主である大清帝国の皇帝は父親だ。自分の実家を訪問して親の顔を見てくるだけのことではあるが、庶民にとってはそうではない。

「む、無理です。お妃さまの宮殿で、皇上と鉢合わせしてしまったらどうしたらいいんですか！」

絶対に無理だと、マリーは力一杯首を横に振った。

「鉢合わせの心配はいらないわ。皇上は紫禁城にはおられないから」

「え？　皇帝は紫禁城にお住まいではないのですか」

「冬至《とうじ》から春節までの行事がひととおり終わったから、いまは円明園《えんめいえん》にお移りになって、そこで政務もお執《と》りになっているの。だから紫禁城に残っているのは、円明園に喚《よ》ばれなかったか、お供が億劫《おつくう》で紫禁城に残っている、病がちか高齢のお妃さまたちだけ」

「そうなんですか」

マリーは素《す》っ頓狂《とんきょう》な声が出る。だが、そういえば乾隆帝は、春秋は円明園で過ごし、夏は塞外《さいがい》の熱河《ねっか》へ御幸《みゆき》すると前にも聞いたことがある。つまり、一年の大半を紫禁城の外で過ごすのだ。

祖父の康熙帝《こうきてい》もそうであったらしいが、清朝の皇帝は紫禁城に閉じこもるのがあまり好きではないらしい。もとは狩猟民族だったというので、広々とした場所の方がくつろげるという、先祖の血が脈々と受け継がれているのかもしれない。

だがそれにしても、紫禁城は紫禁城であるし、後宮という場所は心の準備がいる。

「あ、あの、考えさせてくださいますか。老爺《ラオイエ》にも、嫡福晋さまにも、相談しなくてはなりません」

「ええ、もちろんです。紅蘭《こうらん》お義姉《ねえ》さまにも、ちゃんと一筆書いて送ります。形式とはいえ、きちんと筋を通さないと、固倫公主《グルニグンジュ》の要請を断れない十七兄さまの、面子《めんつ》が潰れかねませんものね」

固倫とは公主に与えられる爵位で、固倫の地位と与えられる年金は、親王位のそれに匹敵《ひってき》する。永璘の爵位は二階級下の貝勒《ベイレ》なので、九歳年下の妹の方が爵位も年収も高く、その関係上、妹の要請は断れない。

さらに妹公主の嫁ぎ先は清国一の権門かつ大富豪。男であれば皇太子にとも望まれた和孝と、生まれながらの絵の才能を封印された永璘。どこかねじれを感じさせる兄妹の関係に、マリーは唾《つば》を呑み込む。

永璘が絵を描くことを禁じられた理由を、和孝は知っているだろうかと、マリーは気になった。和孝が義父と第十五皇子との確執を話してくれたのだから、マリーもまた秘密を打ち明けて相談したい気持ちになる。まるで、その考えを見透《みす》かしたように、和孝はマリーの目を見つめて忠告した。

「マリー。慶貝勒府で見聞きしたことは、決して外で口にしてはいけない。その一方で、マリーが知っておく必要があって、誰かが説明しておかなければならないことは、たくさんあります。そうでなければ、王府で働き続けることは難しくなってしまう」

なんだか目が回りそうだ、とマリーは思った。

「マリーがどう扱っていいかわからない秘密を抱えてしまって相談したいとき、信じていいのは、十七兄さま、嫡福晋の紅蘭さま、そしてこのわたくし。それから、十七兄さまが成人前から仕えている使用人。黄丹は後宮の事情にも通じていて、口が堅い。侍衛の何雨《かう》林《りん》は、十七兄さまのためなら死をも怖れない男だわ。だから、この邸への送り迎えに何侍衛をつけて寄こすのね。あと、あなたが王府内で頼れそうな者がいれば、おいおい教えてあげます」

マリーは目を丸くするばかりだ。自分よりひとつ年下の和孝は、ずいぶんと人を見る目が確かで、よその家内の事情にまで通じている。聡明な公主という評判は、伊達《だて》ではないのだ。

「あの、ありがとうございます」

「ああ、外で口にしないとは言ったけど、もちろん、家内でも皇子たちや福晋たちの事柄は、仕事場でも使用人部屋でも話題にしてはならないわ。賢いマリーならとっくにわかっていると思うけど、勤めに慣れて同僚の気心が知れてくると、つい気がゆるんでしまうからね。慶貝勒府《けいベイレふ》では、このごろ人を増やしたでしょう？　台所事情や十七皇子の近辺を探ろうとするやからも潜《もぐ》り込んでいることでしょう。とくに、マリーが王府で耶蘇教を広めようとしていないか、聞き耳を立てている者は必ずいると思いなさい」

マリーはドキリとする胸を押さえ、首を横に振った。

良いキリスト教徒としては、正しい信仰を広めることも教徒の義務であり、責務だ。だが、マリーは永璘の王府で働く条件として、自分の信仰についてはひと言も口にしないことを固く約束させられた。それに、祖父母に聞かされた弾圧の歴史は実に悲惨《ひさん》なものであったし、自ら進んで迫害されるつもりもない。マリーは菓子職人になりたいのであって、宣教師になりたいわけではないのだから。

マリーが清国に広めたいのはフランスのお菓子であり、その結果としてフランスやキリスト教に興味を持ってくれる清国人が増えてくれたら嬉しい。だが、そのために自分自身が苦行や迫害に耐える必要を、マリーは感じたことはなかった。

だからマリーは、信仰について訊かれても、あたりさわりのないことでお茶を濁《にご》してきた。西洋人として扱われている限り、自分自身の信仰は許されている。だから、マリーは清国に生きる間は、フランス人である。

「信仰については、自分だけのことだと割り切っています」

そのために、マリーが神の怒りを買うとは思えなかった。

強引な方法で布教した結果として、弾圧は厳しくなり、信徒は清国を追い出された。宣教師たちは宮廷に囚《とら》われて、唯一の神ではなく清国皇帝に奉仕することで、余命を保っている。

マリーは自分になにができるかはわからないが、伝道に命と人生を捧げた宣教師たちですら、どうにもすることのできない困難を、マリーのような年端もいかない娘にどうにかできるとも思えなかった。そもそも、聖書だって神父が読み上げ、説教でその解釈を聞いただけで、マリー自身が教義を正しく解釈しているのかすら怪しいのだから。

だけど、お菓子のことならわかる。

いまのマリーが望むことは、お菓子を作り続けて、永璘とその家族に、ひとときの笑顔になってもらうことだ。

和孝公主が夫の豊紳殷徳《フエンシエンインドウ》と暮らす豪邸は、軍機大臣の所有する広大な邸宅群のひとつにすぎない。そこからさらに何町もの距離を歩いて、ようやくその敷地を出ることができる。その道のりを、マリーは護衛の何雨林と並んで歩く。

慶貝勒府の浮沈にかかわることを打ち明けるのに信頼できると、和孝公主に太鼓判を押された何雨林に、マリーは近々紫禁城に上がるかもしれないことを伝える。

「いよいよですか」

意外でもなさそうに、何雨林は実直な面差しに淡い笑みを浮かべた。

「気が重いです」

マリーは正直な感想を口にした。雨林は口角を少し上げる。形の良い口ひげもそれにつられて上を向いた。

「むしろ、いまだに宮城からのお呼び出しがないことが、不思議なくらいですよ。老爺《ラオイエ》のお父上は西洋の文物を好まれ、宣教師に作らせたり、欧州の諸国から送られてきた多数の芸術品や精巧な機械を収蔵されていると聞きます。また、美食もお好きで何度も江南へ巡幸されていますから、珍しい菓子と聞けば、興味をお持ちにならないはずがない」

いつもは重たい口をむりやりに動かして、マリーのおしゃべりにつきあっている感のある何雨林だが、この日は詳しく主人の父親について話してくれる。一介の護衛にすぎない雨林が、皇帝の噂など許されるのかと不安になるが、主語は微妙に避けていた。

「お父さまが西洋好きで、お兄さまは大嫌いでは、間で板挟みになる家族は、とても大変でしょうね」

「それが特に、一国の方針を左右するとなれば、ですね」

話が大きくなって、マリーは萎縮《いしゅく》してしまう。十五皇子や和孝公主とかかわってしまったことは、つまりそういうことなのに、なかなか慣れるということがない。

「老爺は、趙小姐《ちょうシャオジエ》が見習いであることを申し上げて、お目通りには猶予《ゆうよ》をいただいているそうですが、それもあまり先延ばしにはできないでしょう。ただ、お召し上がりになるものは、材料も料理法も、宮中のしきたりによってとても厳しく定められています。異国の甜心《てんしん》をお試しになることができるかどうかは、別の問題ですが」

いつもより饒舌《じょうぜつ》に感じるのは、永璘や鈕祜祿《ニオフル》氏に何か言われたのだろうか。それとも、単にこれから宮中へ上がるマリーに、予備知識をつけてくれようとしているのかもしれない。マリーは慌てて付け加えた。

「あ、あの、お会いするのは公主さまのお母さまだそうです」

「惇妃《じゅんひ》ですか」

雨林は声を低め、わずかに眉間を寄せた。なにやら不穏な空気に、マリーは緊張して訊き返す。

「難しいお方ですか。西洋嫌いとか」

雨林は硬い微笑を浮かべて、首を横に振った。

「公主様がご一緒なら、問題はないでしょう」

はっきりとは教えてくれない雨林に、マリーはいっそう不安になった。

たとえ一時の訪問でさえ、紫禁城へ上がるということはそれほど大変なことなのだ。わかってはいるのだが、逃げ出すこともできない事態に、まだ会ったこともない相手に寿命まで限られてしまった気がする。

「しかし、それでは順番でもめそうですね。趙小姐は慶貝勒《けいベイレ》府《ふ》の人間ですから、まずは老爺の御養母、穎妃《えいひ》にお目通りするのが先ではと思います。戻りましたら、すぐに奥様に相談した方がいいです」

雨林はもちろん、十五皇子を怒らせてしまった一件を聞いているのだろう。これまでは、マリーがよく知らないことについては親切に教えてくれたが、具体的に「ああしろ、こうしろ」とまで忠告することはなかった。必要なことしか言わない雨林の人柄が、このときは本当にほっとする。マリーは嬉しくなって、礼を言った。

「帰ったらすぐにそうします」

慶《けい》貝勒《ベイレ》府《ふ》に戻ったマリーは、雨林の忠告に従って鈕祜祿《ニオフル》氏に面会を申し込んだ。すぐに太監が迎えにきて、マリーは昨年末から鈕祜祿氏の仮の住まいとなっている、前院の東廂《わき》房《のや》へ上がった。

鈕祜祿氏の本来の御殿は、王府の最奥の後院にある。

後院には、永璘の住む正房《おもや》を北に、院子《なかにわ》を囲んで東に嫡福晋の廂房、西側に二番目の妃である側福晋・劉佳《リユウギヤ》氏の西廂房がある。どの建物も、それひとつで大家族が仲良く暮らせそうな豪邸だ。

北京の伝統的な住宅は、塀で囲まれた四角い敷地の真ん中に、四角い院子を囲んで主人夫婦とその両親が住む正房が北に位置し、東西にそれぞれ、妾や息子の家族を住まわせる廂房の三棟を主な建物とし、南に内門の垂花門《すいかもん》を配した、一進《いっしん》の構造が基本だ。

垂花門を出ると、客を接待する倒座房が正門の塀に沿って建つ。そして厨房は通常、正門近くの東側、東廂房と東側の塀の間に建てられ、西側には蔵や厠《かわや》などが配置されている。

裕福になるにつれて、建物は大きく豪華になり、院子と東西の廂房の数が増えてゆく。二進《にしん》ならば、門と広間を兼ねる過庁という建物に隔《へだ》てられた前院と後院。三進《さんしん》ならば、ふたつの過庁に隔てられた前院、中院、そして奥の後院に分かれる。そして、その御殿群を、使用人の長屋と倉庫、そして厨房がぐるっと囲んでいる。

つまり、慶貝勒府は、豪壮な七棟の宮殿が、南北に後院、中院、前院とに分かれて建つ、三進の構造をしている。

豪華絢爛《ごうかけんらん》な六棟の廂房《わきのや》のうち、前院のふたつの廂房と、中院の西廂房には、いまのところ住む者がいない。中院の東廂房には三番目の妃、庶福晋の張佳《チャンギャ》氏とその娘が住む。

つまり、三人の妃とひとりの公主しか家族のいない永璘の王府では、七棟の宮殿のうち、三棟の廂房は空家であった。

これだけ王府が広大であると、現在の厨房がある前院から、永璘の住む後院の正房《おもや》まで料理を運んでいるうちに冷めてしまう。そこで、永璘は正房のある後院に厨房を建てることにしたのだ。

厨房の普請《ふしん》が始まると、職人や業者の出入りのため、後院は資材の搬入や、職人の出入りが多くなる。また古い建物の取り壊しもあり、鈕祜祿氏はすぐ後ろの騒音を避けて、前院の東廂房に仮住まいすることにしたのだ。

鈕祜祿氏は、マリーの顔を見ると嬉しそうに微笑む。マリーも家に帰ってきたという安心感を覚えて、拝礼のあと自然と笑みが浮かぶ。

和孝公主の意向を伝えると、鈕祜祿氏は不安げに眉を寄せた。

「惇《じゅん》妃さまですか」とつぶやいたきり、考え込む。

惇《じゅん》妃になにか問題でも、とマリーが訊き返す前に、鈕祜祿《ニオフル》氏は小さく首を振り、「和孝公主さまがおそばにおいでなら、大丈夫でしょう」と微笑んだ。

「先に和孝公主さまと惇妃さまの翊坤《よくこん》宮へご挨拶して、それから穎《えい》妃さまの景仁《けいじん》宮へご機嫌伺いに上がれば、問題はないでしょう。貝勒《ベイレ》さまは景仁宮でお待ちいただければ、完璧ですわね。さっそく参内《さんだい》の吉日を占わせましょう」

何雨林と似通った鈕祜祿氏の反応に、まだ見ぬ惇妃に対してますます不安を募らせるマリーをよそに、鈕祜祿氏は太監を呼び寄せた。何事か命じたのち、侍女に墨《すみ》を磨《す》らせて紙を用意させる。

「先日の奶油《ナイヨウ》風味のお菓子ですけども、『弧月奶油麵包《こげつナイヨウメンポウ》』はどう思います？」

さらさらと流麗な漢字を書かれても、マリーには『奶油』と『月』しか読めない。

春節の繁忙が一段落して、高《こう》厨師が燕児《えんじ》と李《り》兄弟を連れて杏花庵を視察に訪れたとき、他の洋菓子に添えてクロワッサンも出した。濃厚なバターの風味や、パイ皮の特性を生かした外と中の食感のギャップを、高厨師は興味深そうに味わった。

『嫡福晋《ちゃくふくしん》さまは、これにもう漢名をお付けになったのか』

高厨師に訊ねられ、マリーは『まだです』と応えた。クロワッサンを鈕祜祿氏に食べてもらったときは、もっと深刻な話題に終始していたので、そのような余裕はなかった。

『牛の角みたいだから、「牛角包」かな』と、李二が額の両端に両手の人差し指を立てて言った。くいっと立ち上がったクロワッサンの両端は、正面から見た牛の双角を思わせるらしい。李三は二個目のクロワッサンを口に入れて、『生地をくるくる巻くんだから、「牛角巻」だな』と異論を唱えた。燕児はふたつのクロワッサンを耳の横にあてて、『巻いた形で言うなら、牛じゃなくて羊の角じゃないか。羊角だけで「巻」と「形」を兼ねるから、「羊角包」できまりだろ』と主張した。言われてみれば、たしかに羊の巻角により似ている気がする。

最終的には、高厨師に『洋菓子に漢名をつけるのは、嫡福晋様だ。王府のお墨付き点心にふさわしい、品のあるうまそうな名前をお考えになる。おまえらは出過ぎたこと言ってんじゃねぇ』と叱られていた。

鈕祜祿氏の、弧の形をした月を思わせるから、という説明にマリーは納得する。『クロワッサン』はもともとは『三日月』を意味するフランス語だ。鈕祜祿氏の感性がもっとも原義に近い。マリーは嬉しさに自然と頬がゆるむ。

「いいと思います」

鈕祜祿氏はいそいそと書き留め、慶貝勒府のお墨付き点心の目録に加えるために、近侍の太監に厨房の高厨師へ届けるように命じた。

節句ごとにやりとりされる点心の下賜《かし》や贈答は、各王府や大臣がそれぞれの味と特色を競う。慶貝勒府は王府としては新参であるために、伝統では他家に後《おく》れをとっている。また、宮中では妹にも地位の劣る夫のために、鈕祜祿氏は慶貝勒府の格を維持することに心身を削る日々なのであろう。

「当家にしても、瑪麗《マリー》の修業も、このようなことの積み重ねが大事ですからね。新しい厨房も間もなく完成します。そのころには、瑪麗が点心局に戻れるような空気を、この王府に用意できていればいいのですが」

不安と期待の入り交じった笑みに、マリーははっとして鈕祜祿《ニオフル》氏の顔を見る。

使用人が増えたこともあり、これまで使われてきた前院の厨房は、使用人の賄《まかな》いや表の来客用に残すことになるだろう。マリーの厨房復帰については、そのあとのことと永璘と鈕祜祿氏は考えているようであった。

「まもなく仲春です。穎妃《えいひ》さまと惇妃《じゅんひ》さまへ差し上げるお菓子は、春を意識したものを、お願いしますね」

「はい」

紫禁城のお妃方《きさきがた》に差し上げるフランス菓子を作る。そう考えただけで、もうマリーの気持ちは切り替わっていた。

春にふさわしいお菓子といっても、とくに季節を重視した菓子は思いつかない。材料としては旬《しゅん》の果物がなく、ワインやブランデーの蔵出し時期でもない。

フランスには、四月の一日に砂糖菓子をやりとりするとか、復活祭に魚の形をしたショコラを交換するなどといった伝統はあるが、宗教がらみかもしれないので、出していいものか迷ってしまう。

春らしさを求めるとしたら、装飾にいまが盛りの生花を飾り付けるか、花から抽出《ちゅうしゅつ》した香料を多めに用いて演出するくらいだろう。

それに、北京の春はヨーロッパのそれと違い、あまり清々《すがすが》しくない。黄色みを帯びた空に、埃っぽい大気。

鈕祜祿氏の廂房《わきのや》を辞して、何を作ろうと思案するマリーの頭の中から、紫禁城へ上がるという不安はすでに霧消していた。

菓子職人見習いのマリーと、お菓子の箱庭

「春かぁ」

ため息とともに同じ言葉を何度も吐きながら、マリーは西園へと足を運んだ。

年末の厨師と徒弟を対象に開催された料理の品評会で、王厨師の出した椰蓉白天鵞《イエロンバイテイエンオ》を思い出す。王厨師は、マリーが女で外国人という理由で厨房から追い出した天敵ではあるが、半透明に蒸し上げられた生地は、いまにも水面を滑り出しそうな、優雅な白鳥の形をした見事な工芸菓子《ピエス・モンテ》であった。細長い首、優雅に戯《たわむ》れる番《つがい》、飛び上がろうと翼を広げる白鳥と、これが菓子かと思うほど躍動感があった。試食はできなかったので味はわからないが、五等の賞がくだされたので、皇子たちは味に満足したのだろう。

清国の工芸菓子も、芸術的な水準を究《きわ》めている。下手に張り合わない方がいい。これがフランス菓子の精髄《せいずい》！　と意気込んで出したところが、すでに当たり前にあるような菓子では赤っ恥をかくし、永璘の顔に泥を塗る。

あんな繊細《せんさい》な細工ができる王厨師が、清国の工芸菓子を教えてくれたらいいのに！　とマリーは歯ぎしりしたくなる。王厨師を感心させるようなピエス・モンテを作れないかと、マリーは腕を組んで考え込んだ。

慶貝勒府《けいベイレふ》の西園には、いろんな花が咲き乱れている。視覚的に春を彩《いろど》るとすれば、食べるよりも見るためのピエス・モンテで花樹や庭園を再現することか。

「ピエス・モンテは習い始めたばっかりだったからなぁ。シュクル・フィレはともかく、シュクル・ティレは難しいかな。やってできないことはないけど、うーん」

砂糖をキャラメライズ手前まで溶かして作る、黄金のシュクル・フィレ（糸飴《いとあめ》）はかなり見栄《みば》えがするし、口に入れたときの頼りない甘さはクセになる。いっぽう、飴を伸ばし空気を含ませて艶《つや》を出したシュクル・ティレ（引き飴）で、花やリボンを作るのは根気のいる仕事だ。フランスではバレンタインが近くなると、薔薇の飴菓子の注文が大量に舞い込み、手指が動かなくなるまでシュクル・ティレを練って大量の薔薇の花びらを作ったものだった。

マリーは西園の桃や杏の花樹を念入りに観察して歩き、太鼓橋や四阿《あずまや》を見つめる。橋と建物は、ピエス・モンテには一般的な素材だ。王侯貴族のパーティには、装飾だけを目的とした、食用には適さない巨大な工芸菓子も人気だが、マリーはお菓子は食べてこそと考える。ひと口大の飴細工と菓子で妃たちを喜ばせたい。

　庭園をうろうろと歩き回り、しゃがみこんでは、手本にちょうどいい春の花が咲いてないかと探すマリーに、水桶を担《かつ》いだ黄丹が呼びかけた。

「なにか、失《う》せ物捜しですか」

「あ、黄丹さん」

　マリーは驚いて飛び上がった。

「飴細工に使える花を選んでいたんです。なるべく、作りやすそうなつくりの花がいいな、って。花びらは梅が良さそうですけど、雄蕊《おしべ》が細かいなぁ、とか。桜はみっしり咲いているのに、花びらが薄くてひらひらした感じが難しそうです。八重《やえ》の杏が素敵なんですけど、薔薇と違って小さな花びらを重ねるのは難しそう」

「では、少し切って差し上げます」

　黄丹は杏花庵に引き返して剪定鋏《せんていばさみ》を持ちだし、花と蕾《つぼみ》が良い具合についている枝を切り取って、マリーに手渡した。杏花庵というだけあって、小屋の周囲には杏の木が多い。一重もあれば八重もあり、白い花も咲けば紅の花も咲く。しかも、アーモンドの花とほとんど区別はつかない。黄丹の説明を聞きながら、桃だと思っていたのも杏の木であったことに驚くマリーだ。

「こっちの杏は、梅にも少し似てますよね。すぐには見分けられないですねぇ」

「実が生《な》れば、わかります。樹皮にも違いがありますが、毎年のように花を眺めていれば、そのうち覚えますよ」

両手いっぱいに枝を抱えた黄丹とマリーは、杏花庵で適当な器に花を活《い》けた。

さっそく鍋を火にかけ、砂糖と水飴を煮詰めて飴を作る。作業台の上に飴を垂らし、ヘラですくっては畳《たた》むようにして落とす。粘度が上がり、透明だった飴が白くなる。やがて素手で触れられるようになると、艶が出るまで畳んでは伸ばすことを繰り返す。

杏の花びらは、とても素直なまるい形をしている。マリーは飴を千切り、軽いふくらみを持たせた同じ大きさの花びらを二十五枚と萼《がく》を五つ作る。

五枚の花びらの付け根にあたるところを温めて柔らかくし、一枚一枚を萼に押しつける。五輪の花を作り終えるころには、樹花らしい形に見えてくる。しかし、ただ花びらを真似《まね》て寄せただけの半透明の飴には、春の面影《おもかげ》はない。

マリーが生花を引き寄せて見れば、萼の内側からは、雌蕊《めしべ》と何本もの雄蕊が放射状に伸びていた。実を結ぶために蕊を精一杯伸ばし、蜜を滲ませ甘い香りで蜂を呼び寄せ、受粉しようとしている。春、生きていることを謳歌《おうか》しているのは、頼りなく開いて風に震えるだけの花びらではなく、この黄色い蕊なのではないか。

マリーはそんな気がした。

飴を千切って転がし、細い棒にしてさらに掌で転がす。細く細く、棒が籤《ひご》のように、籤が紐《ひも》のようになるまで伸ばし、爪の長さくらいに短く切っていく。その先端を焙《あぶ》って溶かし、箸《はし》の先で突いて丸める。色はついていないが、雄蕊の小さな頭だ。蕊の根元を温めて、蕚の奥に挿し込むようにして押しつける。十本も挿せば半透明の硝子《ガラス》のような、白っぽい杏の花ができあがった。

その日は一日中、何個も花を作り、枝を伸ばしては曲げ、無数の蕊を作る。指では繊細な作業ができずに、飴の造花を壊してしまうマリーを見かねて、黄丹が竹の籤を曲げてピンセットを作ってくれた。

「助かります！」

マリーは喜んで礼を言った。集中するあまり、半日で目の下に隈《くま》を作ってしまったマリーに、黄丹は照れて謙遜《けんそん》する。

「いえ、趙小姐《ちょうシャオジエ》のお役に立つように、老爺《ラオイエ》に命じられておりますので。奴才《やつがれ》ごときに礼は不要です」

そう言いつつ、黄丹の目は山と積まれた試作の杏花飴に注がれている。

「黄丹さん、よかったら食べてください。見た目は不格好ですが、飴の味はちゃんとしてますよ」

マリーが笑いながら言えば、黄丹は嬉しそうに杏花飴をひとつつまんで口に入れた。

「飴は西洋も清国も、同じ味ですね」

「材料は同じですからね」

熱を加えれば溶け、熱を保つ間は伸びて、冷えれば固まる砂糖の特性に気がつけば、西洋でも東洋でも、人間の考えることは同じなのだろう。あとは職人の感性とこだわりで、どんな美食も工芸も可能である。

それから数日、マリーの同室の下女たちは、大量の飴を消費する羽目《はめ》に陥った。

「はじめは何の変哲もない細工飴かと思ったけど、毎日どんどん食べるのがもったいない可愛い飴になっていくのね」

小蓮《しょうれん》がパリポリと飴を噛み砕《くだ》いては、器に盛られた白や桃色の杏花飴をつまみ上げる。

「本物の花と間違えそう」

小杏《しょうあん》が、八重の杏花飴を指先でつついて感心する。

「最初にマリーが作ったときは、野薔薇の大きさだったのにね。これなら木の枝にひっつけてもわからないわね」

四人は一度に笑いだす。最初は何かの花らしい、という程度だったが、何度も何度も作っていくうちに、ようやく薔薇でも桃でも梅でもない、杏の花であることが誰の目にもはっきりとわかってくる。かすかに弧を描いた蕊が、濃い紅に滲む花弁の中で立ち上がる様が、本物のようだ。

「実物大では、箱庭におさまらないから、まだまだ小さく作る練習をしないといけない」

マリーは手を広げてお菓子のコテージの高さを示しつつ、小菊《しょうぎく》たちに『花の大きさの目標は、これくらい』と人差し指と親指をくっつけるようにして見せた。実物大の花びらの、五分の一くらいであろうか。

小菊たちは指につまんだ杏花飴とマリーの顔を見比べ、「がんばってね」と口をそろえて励ました。

数日後、ようやく納得のいく花樹の飴細工ができると、マリーはいったん飴作りを休んだ。飴以外の菓子にとりかかるためだ。マリーは執事からもらってきた大判の紙を広げて墨を磨り、図面を描く。

工芸菓子は立体造形の芸術だから、イメージの具象化はとても大切だ。参考にできる実物が目の前にあればともかく、デッサンや絵画は庭や家を造る設計図と同じように重要であった。事前に全体の構図や設計を練っておけば、部品となる菓子の無駄も省《はぶ》ける。だが、デッサン力のないマリーは、大雑把《おおざっぱ》な配置図しか描けない。こんなときは、永璘のような画才がうらやましい。

試作の花飴細工を手に、何度も庭へ出てイメージをふくらませ、また庵《いおり》に戻って図面を描いていると、注文しておいた拓植《つげ》の束が杏花庵に届いた。

マリーは拓植の枝を茹《ゆ》でて皮を剝《む》く。泡立て器を作るためだ。毎日のように激しく卵やクリームを攪拌《かくはん》するために、あっという間にボロボロになってしまう泡立て器はどこにも売ってないので、自分で作らなければならない。子どものときから父を手伝ってきたので、菓子の道具作りはマリーの体に刷り込まれていた。

飴細工は目を楽しませるためだが、小麦粉を使った菓子では、ふわふわとした食感が珍しがられることが、これまでの反応でわかっている。

泡立てた卵白に、少量の小麦粉を混ぜて焼き上げたビスキュイ・ア・ラ・キュイエールは、サクッとした歯触りの直後に、舌にふわりとした甘みだけを残して雲のように溶け去る。オーブンに寄せて改造した厨房の竈よりも、断熱性に優れた窯ができたお陰で、ビスキュイ・ア・ラ・キュイエールの品質もぐっと向上した。

鈕祜祿《ニオフル》氏によって『雲彩蛋餅乾《ユンサイダンビーガン》』という漢名をつけられたビスキュイは、いまや慶貝勒《けいベイレ》府《ふ》の御用達甜心の中でも人気の一品となっている。

だが、きつね色に焼き上げて粉砂糖をまぶすくらいしか、見た目で勝負できないビスキュイ・ア・ラ・キュイエールでは、目を楽しませる春の彩りにいまひとつ欠ける。申し訳ないが、今回は飴細工の菓子を引き立てる脇役だ。

次に、マリーは彩色のしやすいメレンゲを作る。

真っ白で肌理《きめ》は細かく、歯触りは軽く、舌の上でふわりと雲のように蕩《とろ》ける感触が、ビスキュイ・ア・ラ・キュイエールよりもさらにはかないメレンゲを作るためには、どれだけ上質の泡立て器が使えるかにかかっている。

新しい泡立て器で攪拌したメレンゲを焼いてみる。歯が触れるだけでほろほろと崩れ、舌に載せると泡雪のように溶ける甘みは問題ない。ただ、スプーンで鉄板に落としたメレンゲは外見がボテッとしていて、華やかさに欠ける。フォークやナイフで花を成形しようと試みたが、細かい細工は難しい。

「私が、不器用なだけかもしれないけど」

マリーはふうとため息をついた。

あきらめて、彩色した砂糖衣で包み込んでみたが、華やかさは増すものの、砂糖の食感がざらついてしまうし、さっくり感を殺してしまう。

メレンゲの成形について考え込んでいるうちに、二度目のメレンゲ群は焦げ色がついて、表面が不恰好《ぶかっこう》に割れてしまっていた。

がっかりしたマリーだが、岩のようなメレンゲを調理台に並べて、ふと微笑む。

「これはこれで、使えるかも」

さらに、泡立てたメレンゲに蜂蜜を合わせ、温度を見ながら水飴を練り込んでいく。打ち粉を張った台に真っ白な生地を広げ、刻んだ胡桃《くるみ》と干し杏、干しぶどうを散らして包み込む。さらに薄く打ち粉をふった型に入れて布巾をかけ、ひと晩寝かせればヌガー・ド・モンテリマールのできあがりだ。

水飴を煮詰めたキャラメル生地の、薄茶色のヌガーも作る。

「胡桃よりも炒《い》ったアーモンドの方が、香りも味も引き立つんだけどな。ないものは仕方がない」

独り言をつぶやきながら、涼しい前室の棚に安置し、黄丹に頼んでおいた四つの木の箱をきれいに洗って乾かす。とろりと溶けた黄金色の飴を、高いところから細く垂らしてシュクル・フィレ（糸飴）を作り、何層にも重ねて束ねる。

そして、土台にするためにしっとりめに焼き上げたガトー・オ・ショコラを、木箱の底に敷き詰める。

翌朝は、ヌガーを薄い長方体や薄切りの板に切り分け、溶かした飴を糊《のり》にして、まずは試作品の制作に夢中になった。

お菓子の箱庭がもう少しで完成、というところへ永璘が黄丹を伴って杏花庵を訪れた。マリーは作法通りに膝を深く折って、拝礼と定型の挨拶を口にする。もう、どこから見ても、高貴な主と一介の使用人だ。永璘がマリーに立ち上がるように命じたあと、互いに目を合わせないふたりの間に短い沈黙が漂った。

永璘は咳払いをして、用件を口にする。

「養母上《ははうえ》と惇妃《じゅんひ》に献上する菓子は、順調にいっているか」

「試作品はほぼできました。まもなく仕上げを終えて、奥さまの廂房《わきのや》にお持ちするところです」

マリーは作業台に置かれた菓子の箱庭を示した。

「これは、杏花庵か」

ひと目見てそう訊ねた永璘の声には、感心の響きがあった。マリーは嬉しさに微笑みうなずく。

「お菓子の家って、欧州の工芸菓子では定番なんです。特に小さな田舎家《いなか》は、新米パティシエが最初に挑戦する建造物でもあります。現物も杏花庵と果樹園が目の前にあるので、その通りに作ればいいし、これなら失敗しないかなと思いました」

永璘はマリーの説明を聞き流しつつ、杏の花が満開の樹林に囲まれた、煉瓦造りに藁葺《わらぶ》き屋根という、華欧折衷《せっちゅう》のコテージを細かく観察した。

「この藁は、何でできているのか」

マリーは材料を並べた盆を持ってきて、永璘にひとつひとつ説明をした。

「シュクル・フィレといって、糸飴です。煮詰めた砂糖と水飴をフォークにすくって、高い位置から左右に振り、細い糸状に垂らして作ります」

マリーは手近にあったフォークを頭より高い位置に持ち上げた。フォークの先を下に向け、右へ左へとひらひらと揺らす仕草をしてみせる。

「格子状にして籠《かご》を作ったり、柔らかいうちに丸めて毬《まり》にしたり、円錐《えんすい》状にしてクリスマスツリーにしたり。砂糖を熱するときに、水を加えて太さや粘度を調節して、絹糸のように細くも、ロープのように太くもできるので、作りたい物に合わせていろんな形が楽しめます。今回は藁の屋根に見えるように、濃いめに焦がして、左右に糸飴を引いて重ねました」

永璘はマリーの差し出した盆から、金色の糸が束になっているシュクル・フィレをつまみ上げ、口に入れて味わう。

「飴を伸ばした糸状の菓子なら、我が国にも『龍鬚糖《ロンシユータン》』というのがあるが、あちらは真っ白で柔らかい。こちらはパリパリしているな」

「太さやまとめ方次第《しだい》で、いろんな食感になります」

長方体の茶色のヌガーを煉瓦に見立てて重ね、木造部分は細長く焼き上げたビスキュイ・ア・ラ・キュイエールを並べた。煉瓦の煙突からは、渦巻《うずま》き状に細長く伸ばしたシュクル・フィレが煙となってたなびいている。

庭園の要所要所に配置してある自然岩や腰掛けは、少し焦がしたメレンゲだ。白石の飛び石に砂利《じゃり》を敷き詰めた小径《こみち》は、砕いた乾果をメレンゲで固めた白いヌガー・ド・モンテリマールが、それらしい雰囲気を出している。

シュクル・ティレ（引き飴）で作った杏林を、永璘はよくできていると褒めてくれた。花樹と杏花庵の大きさの対比は現実とは似ても似つかないが、花樹はこれ以上は小さくできないし、小屋を大きくすると箱庭に収まらない。とはいえ、花樹の飴菓子としては、マリーとしても自信作だ。

「これはぜんぶ、食べられるのか」

「はい。樹林は飴、家と岩はビスキュイとメレンゲ、シュクル・フィレ、地面はヌガー、土台はガトーでできています」

「甘い物が好きな人間には、夢の家だな」

永璘はそう言って笑った。マリーも微笑んでうなずき返したが、菓子の家に住んでいるのは、お菓子に釣られてやってきた迷子を貪《むさぼ》り食べてしまう、悪い魔女であることは言わなかった。

「では、行くか」

永璘は黄丹に箱庭ピエス・モンテを持たせ、マリーに菓子を並べた盆を持たせて先導する。

鈕祜祿《ニオフル》氏の廂房《わきのや》へ行く前に、厨房の点心局を経由しなくてはならない。高厨師に見せるためだ。御殿に出す点心は、すべて高厨師の許可が要る。杏花庵に永璘や鈕祜祿氏が来てつまみ食いしていくのは、見て見ぬふりとなっているが。

マリーは、いきなり王府の主が厨房に姿を現したときの、厨師たちの慌てぶりを想像した。王厨師の反応が一番楽しみだ。

案の定、厨房の外の洗い場に現れた、場違いに華やかな長袍《チャンパオ》姿を目にしたとたん、下働きの男女は一斉に立ち上がり、後退《あとじさ》って永璘に道を譲った。そして膝をついて拝礼した姿勢のままで、悠然と歩む主が行き過ぎるのを待った。

小蓮はうつむきつつも、耳まで赤くして目を潤《うる》ませ、上目遣いにその背中を目で追う。

調理中であった各局の厨師たちも、泡を食って仕事を中断し、つぎつぎに折り返した袖を叩き落として膝をつき、打千礼《だせんれい》で王府の主に拝礼した。並べた将棋《しょうぎ》の駒が、端からパタパタと倒れていくような光景であった。

点心局でも、皆の反応は同じだ。王厨師も片膝をついて永璘を迎える。永璘の背後にはマリーがいるのだが、気がついているだろうか。側頭から青く剃《そ》り上げた王厨師の頭頂部を見おろしたマリーは、自分に対して膝を折っているような錯覚《さっかく》に、少しだけ溜飲の下がる思いだ。

「高厨師、養母の穎《えい》妃に献上する工芸菓子の試作品ができたのだが、よく見て忌《き》憚《たん》のない意見を聞かせてくれ」

黄丹が前に出ると、李兄弟が素早い動きで調理台を片付け、場所を空《あ》ける。高厨師も王厨師も立ち上がって、調理台に近づいた。

「紅蘭《こうらん》が養母上《ははうえ》に献上する仲春の甜心《てんしん》に、洋菓子も加えたいと考えたので、マリーに春らしい菓子を作るように命じたところ、このような試作品ができあがった。すべて食べられるそうだが、どうだろう。後宮の伝統に反するようなものは、何も使われていないな」

先のアーモンド騒動でもそうだが、マリーに中華の伝統や風習に関する知識が欠落しているため、材料の名前や工芸の意匠《いしょう》に、縁起の悪い物や、使い合わせの良くない食材がないか確認する大切さは、マリーも鈕祜祿《ニオフル》氏や和孝公主から教えられている。

燕児と李兄弟はもちろん、王厨師も調理台を囲んで、マリーが清国に来て初めて挑戦したピエス・モンテを驚きの目で見つめている。

高厨師は汗をかきつつ、箱庭の工芸菓子を念入りに観察した。マリーの差し出した盆に並ぶ、ビスキュイや飴を試食し、彩色に使われた染料の材料までひとつひとつ訊ね、その名を確認してから応える。

「とくに、ございません」

永璘は満面の笑みを浮かべた。

「合格だ。よかったな、マリー。さっそく、本番に取りかかってくれ」

マリーに指図すると、高厨師にふり返る。

「我が国の工芸菓子は、動植物や鳥を主にするが、建物まで菓子で作ったのはまだ見たことがない。我が王府の名物になるような工芸菓子がひとつふたつあれば、節気の贈答品に事欠かぬな。新しい厨房が落成した暁には、招待客の度肝《どぎも》を抜くような工芸菓子を考えておくように」

高厨師は突然の命令を畏《かしこ》まって受け、黄丹はコテージのピエス・モンテを持ち上げて、厨房を出て行く永璘のあとをついて行く。マリーも試食用の盆を持って、そのあとに続いた。永璘が通る度に、以前はマリーを無視していた厨師たちが膝をつくので、マリーはなんだか気持ちがいい。

もちろん、かれらはマリーに頭を下げているわけではないのだから、そんなことでいい気になってはいけない。それよりも、久しぶりに厨房の内部に入れたことで、懐かしさと戻りたさに胸がいっぱいになる。

王厨師は、このピエス・モンテをどう思っただろうか。マリーを徒弟のひとりとして、認めてくれるだろうか。高厨師の横で、部品にした菓子の試食もせず、飴細工を手に取ってもみなかった王厨師の考えは、マリーには読み取れなかった。

ついさきほど感じた高揚感は、しゅるしゅると萎《しぼ》む。

いっぽう、試作品を目にした鈕祜祿氏は、満開の樹林に囲まれた杏花庵を見るなり、感嘆の声を上げた。

「まあ、なんて素敵なのでしょう」

どんな言葉で称讃《しょうさん》していいのかわからない、といった風情《ふぜい》で、立ったり座ったりしては、お菓子の箱庭を仔細《しさい》に観察する。

「これがすべて、食べられるのですか」

嘆息し、うっとりと飴でできた果樹園を眺める。

「日持ちはしますか。しばらくはとっておいて、飾っておきたいですね」

「ビスキュイとメレンゲは、湿気《しけ》ると味も歯ごたえも落ちてしまいますが、乾燥しているいまならすぐには傷《いた》まないと思います。あ、土台のガトーは水分を飛ばしきってないので、黴《か》びるかもしれません。土台も長持ちする素材に替えてみます」

マリーは反省点を頭に刻《きざ》み込む。

「日持ちしないのならば、みなを呼んで食べてしまいましょうか」

鈕祜祿《ニオフル》氏は永璘に問いかける。永璘は近侍に言いつけて、ふたりの側妃と娘を呼びにやらせた。鈕祜祿氏のお茶の支度もすまないうちに、永璘のひとり娘、四歳の公主が部屋に駆け込んでくる。

永璘を見つけてそちらに行こうとした公主だが、マリーが近侍たちの列に控えているのを見て、方向転換して駆け寄り、抱きついた。マリーは膝をつき、両手を広げて公主を受け止める。公主の母親、庶福晋の張佳《ヂャンギャ》氏は、娘がマリーに懐いているのを不快げににらみつけたが、永璘と鈕祜祿氏の手前、何も言わなかった。永璘と鈕祜祿氏に拝礼をして、用意された席につく。

張佳氏がマリーを嫌っているのは、公主がマリーの作ったウーブリという菓子を食べて、異様な行動に走り、王府を震撼《しんかん》させる騒動を引き起こしたからだ。だが、マリーが勝手に公主に菓子を食べさせたわけではない。長屋の同僚下女たちと食べようと思っていたウーブリを、公主が見つけてひとりで食べ尽くしてしまったのだ。そのため、糖分の過剰摂取による興奮状態に陥った公主は、マリーが密かに練習していたバレエのステップと名前を覚えてひたすら繰り返し、張佳氏と近侍らを驚かせた。マリーが呪術を用いて、公主を死体妖怪の殭屍《きょうし》にしてしまったのだと信じ、王府から追い出そうとした。二番目の妃、側晋の劉佳《リュウギヤ》氏の取りなしで事なきを得たが、張佳氏はいまでも、要らぬ騒ぎを起こした原因は、マリーにあると固く信じている。

鈕祜祿氏の仮住まいから、一番遠くにある後院の西廂房《わきのや》に住む劉佳氏の到着は、少し時間がかかった。靴底が十センチメートルという高さの花盆靴を履く清朝の貴婦人は、介添えの女官に手を引かれて、家の中でもゆっくりと歩く。

マリーの美意識では、三人の妃のなかでは劉佳氏が一番の美人であると思う。

劉佳氏は張佳氏よりも少し若く、丸い顔に観音《かんのん》像を思わせる優しげな目元と、いつも微笑んでいるような品のいい口元。手入れされた眉は優雅な弧を描き、化粧は濃くない。

いっぽう、張佳氏は細面にまっすぐな鼻と切れ長の目、眉尻はすっと横に引いて、美貌よりも性格のきつそうな印象が残る。妃のなかでは最年長であるためか、濃いめの化粧も近づき難い。もっとも、第一印象が最悪で、いまだに確執を抱えている相手に、親しみを込めた笑顔を見せるはずがないのだから、マリーがそう感じているだけかもしれない。

鈕祜祿氏《ニオフル》がお菓子の箱庭について妃たちに説明を始めると、『菓子』という言葉に反応した公主が卓に走り寄り、父親に抱き上げられる。公主は手を伸ばしても届かない距離から、お菓子の家を熱心に眺めた。

マリーの本音は、本番のピエス・モンテを作るときに、この試作品を横に置いて、不備なところを直しながら作りたかった。しかし、永璘一家の団欒《だんらん》を間近に見られる機会は滅《めっ》多《た》にない。

一夫多妻やハーレムと聞くと、女同士の嫉妬や諍《いさか》い、寵の奪い合いという印象が強いが、永璘の妃たちはご近所の奥さま方が集まって、円満にお茶とおしゃべりを楽しんでいるといった感じだ。とはいえ対等な主婦の集まりではなく、頭に載せた飾りや長袍《チャンパオ》の豪華さに微妙な序列が存在するのを見て取ることはできる。劉佳氏《リユウギヤ》の大拉翅《だいろうし》と簪を飾る玉石の数は鈕祜祿氏よりも少なく、張佳氏《チャンギャ》が大拉翅に挿した造花は劉佳氏のそれよりも少し小さい。そして鈕祜祿氏と劉佳氏の大拉翅の端から垂れ下がる房飾りは、張佳氏の大拉翅にはない。

張佳氏は鈕祜祿氏の差し出した白茶を美味しそうに飲み、劉佳氏は花を壊さぬように折り取った杏の枝を公主に手渡し、永璘と談笑する。

父親から解放された公主は、飴でべとついた手を卓上へ伸ばして、右手に煉瓦のヌガー、橋桁《はしげた》のビュスキュイ・ア・ラ・キュイエールを握りしめて交互に口に運んでいる。

鈕祜祿氏は濡らした手巾《ハンカチ》で公主の顔を拭こうとするが、公主は母親の張佳氏の背後へ逃げ込もうとして叱られ、父親の膝へと逃げ帰る。

平和で仲の良さそうな家族ではあるが、それぞれの女性たちの内面までは計り知れない。まだ跡継ぎの嫡子が生まれていない慶貝勒府《けいベイレふ》で、誰が最初に男子をあげるかという点では、彼女たちの内心は決して穏やかではないだろう。

とはいえ、庶子には一切の相続権がない欧州と異なり、東洋では正妻以外の女が産んだ子であろうと、正妻に男子がいなければ家督《かとく》を相続することができる。さらに、側室や妾の子も、その家の子として蔑《さげす》まれることなく養育される。

そうした清国の風習を教えてくれた宣教師によれば、父親の愛情や母親の身分にもよって格差があるという話ではあるが、この日の永璘一家の団欒は、ただひたすらに目の保養であった。

菓子職人見習いのマリーと、紫禁城の午後

できあがったピエス・モンテに、感心と称讃を惜しまない小菊と小杏であったが、マリーが和孝公主のお供で後宮へ上がることを聞いて、意味深な目配せをした。

「穎《えい》妃さまに差し上げるために、作ってたんだよね。老爺《ラオイエ》のご養母の」

「この工芸菓子はね。でも、紫禁城へ上がるのは、和孝公主さまがご自分のお作りになったお菓子を、お母さまに差し上げるため。公主さまにご指南をした糕點師《ガオディアンシー》として、同行するよう言われたけど、慶貝勒府《けいベイレふ》の使用人が、他の妃さまの宮を訪れて、老爺のお母さまの前を素通りできないでしょう？　だから、見栄えのするお菓子を、別に作ったわけなの」

小菊は襟足のほつれ毛を撫《な》でつけつつ、ピエス・モンテをじっと見つめる。それから手を口に添えて声を低め「惇《じゅん》妃さまは、気難しいお妃さまだそうだから、うんと気をつけるんだよ」とささやいた。惇妃の訪問は、皇帝との謁見の予行演習であるという和孝の考えなのに、いきなり気難しい相手と聞かされては、どう気構えていいものかわからない。和孝の母親なら、潑剌《はつらつ》とした親しみやすい人柄を想像していたというのに。

惇妃の名を耳にしたときの、何雨林と鈕祜祿《ニオフル》氏の眉間に表れた憂慮は忘れがたい。

不安げなマリーに、小杏が「宮女がよく自殺するのよね、翊坤宮《よくこんきゅう》」と追い打ちをかける。さらに、小蓮が「皇上の御不興を買って、何度も降格されたり、冷宮送りになったり」ととどめを刺す。

冷宮とは、皇帝の怒りを買ったり、罪を犯したりした妃が送り込まれ、幽閉される宮殿であるという。乾隆帝にもっとも寵愛されている公主を産んだ妃でさえ、そのような罰をうけることがあるのかと、マリーは言葉を失った。

「あんたたち、いい加減なことを言わないの」

小菊がふたりをたしなめる。

「翊坤宮《よくこんきゅう》で死んだ宮女はひとりだけ。自殺じゃないし、自殺しようとした宮女は助かったわ」

たびたび自殺者を出すという小杏の話は、大げさに尾鰭《おひれ》をつけたものであったようだが、たしなめたはずの小菊の言葉は、翊坤宮から死者や自殺未遂者が出たという事実を、追認するものであった。

「その自殺じゃなかった方の宮女は、病気かなにかで？」

おそるおそる訊ねるマリーに、小菊は厳《おごそ》かに答えた。

「殴り殺されたの。お妃さまのお怒りを買って」

「お妃さまに？」

マリーの声は知らず知らず裏返っていた。和孝公主の快活さからは、そんな母親を想像することはできない。

「さあ、そこまでは知らないけど――」

小菊は言葉を濁した。

後宮内で起きた事件は、人の口から口へと広がっていく。どこまでが真実かは謎であるし、足りないところは噂する者たちの想像力で補われていく。小菊は自分の推測や想像を織り交ぜるようなことはしないだけ、小杏や小蓮よりはましであったかもしれない。

「決まりを破ったり、皇族の不興を買った侍女や太監が、罰として杖で打たれることは珍しくないから、体罰に行き過ぎがあったのかもしれないわね」

紫禁城でも城下の王府においても、罪を犯した使用人に体罰を加えるのは、主人に直接仕える太監か、使用人の所属する部署の長だ。手加減を誤った太監によって、使用人が死ぬまで殴られるということは、充分にあり得ると小菊は付け加えた。

故意であったか、事故であったかは現場にいた者でなければわからないし、そもそも事件の真相が闇の中であるとも。

小菊は卓の上に身を乗り出して、口の横に手を当てて声を低めた。

マリーたちも、卓の上に頭を寄せて耳を傾ける。

「惇《じゆん》妃さまは十七で入宮されて、ようやく皇上のお目に留まって貴人に昇格しても、すぐに常在に落とされたりと、浮き沈みが激しいお方だったそうよ。十年以上も御子をあげられないで、宮中では冷遇されていたところへ、ご懐妊されて妃に昇格、誕生した公主さまが皇上に溺愛《できあい》されて、有頂天になったんだろう、なんでも自分の思い通りになるんだろう、って思い上がったんじゃないか、ってのが、世間の評判」

実際、宮女殴殺は有名な事件であったらしい。翊坤宮《よくこんきゆう》の責任者であった太監が解任されて罰金を払わされた。惇妃自身もまた、殴り殺された宮女の家族へ賠償を命じられ、妃から嬪に降格され冷宮送りとなった。和孝公主が四歳のときである。このとき和孝公主は、母親からの悪影響を受けることを怖れた乾隆帝によって、他の妃が養育するように命じた。

母親を恋しがって泣き暮らす末娘に根負けした乾隆帝が、まもなく惇妃を赦し、母子はふたたびともに暮らせるようになったという。

「でも、またすぐに不祥事を起こしたのよね」

小蓮が興味津々で茶々を入れる。小杏も同調した。

「公主さまのご威光で官位を与えられたご一族が慢心して、妃の叔父が人妻を奪って妾《めかけ》にしたり、下女の夫を殴り殺したり。やっぱり、出自が出自だと、すぐに成り上がり根性という馬脚を現すものよね」

小蓮と小杏は意地悪く笑う。

マリーは内心で『うわあ』と叫ぶ。人の口に戸は立てられないというが、家族や親戚の不始末まで妃の責任にされてしまうのか。しかも小蓮は、惇妃とその一族と変わらぬ下級旗人、包衣《ボーイ》の出身なのだ。自身の出自が卑《いや》しいと言い切ってしまっている。

「翊坤宮で、宮女の負傷や自殺未遂の不祥事が続いた年は、たしかにあったけど。でもそのときは惇妃さまは降格されなかったから、罪は不問になったのじゃないかしら」

和孝公主が九歳前後のころのことだという。

マリーは、闊達《かったつ》な和孝公主の笑顔をまぶたに浮かべる。次に、天爵《てんしやく》との未来を憂える新妻和孝の横顔を思い出した。

夫の天爵の精神的な幼さを気に病み、皇帝の寵を笠に着て権勢を恣《ほしいまま》にする舅《しゆうと》の傲慢《ごうまん》さに、家族の将来を憂慮する。慎重に現状を見つめ、未来を洞察する和孝の聡明さは、生来の賢さだけでなく、浮沈の激しい母親の半生と幼少期から向き合い、ひとの好奇の視線や、悪意ある噂にさらされ続けたことで育《はぐく》まれたものだ。

腹違いとはいえ、年の近い兄弟の永琰《えいえん》や永璘が、和孝の行く末を気にかけるのも道理であった。

「だからね、瑪麗《マリー》」

鼻先に小菊の指が当てられて、マリーは我に返る。小菊は低い声で念を押した。

「惇《じゅん》妃さまの前では、頭も腰も低くして、けっして口答えをしないこと。なにか話しかけられても、公主さまの顔色を窺ってからお答えするぐらいで、ちょうどいいと思いなさい」

ありがたい忠告である。

実際に選秀女で内府に足を踏み入れたことがあり、末端旗人に連なる小菊には、紫禁城勤めの親戚もいるのだろう。宮廷内の情報については、三人の同僚の中では一番信頼をおける。

だがそれも、人伝《ひとづ》てに聞いた噂話にすぎない。

マリーは、フランスの王妃に傾倒して王室のゴシップを集めていた。マリーが新聞に目を通すようになってからは、王妃マリー・アントワネットを誹謗中傷する記事が大半を占めるようになっていた。王妃に対する悪意が市中を満たすようになっても、マリーが王妃に対して批判的にならなかったのは、王妃を崇拝していた母親の刷り込みがある。

華人の移民であったマリーの母親は、オーストリアとフランスの和平と、フランス王室に嫡子をもたらすという重責を担《にな》って嫁いできた十四歳の少女に、とても同情的であった。

　そして、王妃に対する中傷は、反オーストリア主義の貴族や政治家たちの捏造《ねつぞう》であり、欧州の平和を乱すものであると娘に刷り込んでいた。市井《しせい》に膾炙《かいしゃ》した醜聞の多くが虚構であったことや、否定しきれない十代の少女の不品行についても、尾鰭がついていたことは事実だ。

　ただ、マリーは母親が語って聞かせた『崇高な王妃像』と『卑劣な反王室主義者のひねり出した虚言』という見解を信じていただけでなく、『醜聞に無責任な尾鰭をつけて、面白おかしく広める群衆』を目の当たりにしてきた。小菊の忠告はありがたかったが、このときも惇妃に対する評価は、話半分に聞いておく必要があるだろうと判断した。

「降格とか昇格とか、お妃さまには序列があるのね」

　フランスに後宮はなく、王妃以外の愛人はみな寵姫であった。マリーは異国のハーレムについては、語り聞かせによるアラビアンナイトやお伽噺くらいの知識しかなかったので、清国の後宮の仕組みがいまひとつ理解できていなかった。マリーの問いに、興に乗ったらしい小菊は、人差し指を立てて、講釈を始める。

　後宮の頂点に立つ皇后の次は皇貴妃であるが、皇后候補という意味合いもあるため、滅多に封号されることはない。多くは追号か臨終《りんじゅう》にあたっての冊封《さくほう》であり、生前に皇貴妃の号位を授かったのは、乾隆期においては永琰と永璘の生母、魏佳《ウェイギャ》氏のみである。

　小菊はここぞとばかりに、皇貴妃魏佳氏を持ち上げる。皇后不在の後宮において、底辺の旗人階級から、漢族旗人に許される限りの頂点まで登りつめた女性が、この慶貝勒府《けいベイレふ》の主のご生母さまなのであると。

「どれだけ素晴らしいお妃さまだったのか、想像もつかないわね」

うっとりと言ってから、小蓮を軽くにらみつける。マリーは脱線する話を引き戻そうと、質問を続ける。

「それで、老爺《ラオイエ》の養母の穎妃《えい》さまは、『皇』も『貴』もついてない『妃』だから、四番目になるのね」

「そう。でもいまは皇貴妃と貴妃の位は空席だから、年齢順でいったら、穎妃さまは二番目のお妃さまということね」

「最年長の愉《ゆ》妃さまは、喜寿《きじゅ》のお祝いをすませたばかりじゃなかったかしら」

小杏が口を挟む。愉妃は、当年八十歳を迎える乾隆帝が、皇子であったころから仕えてきた女官だという。父親は定員外の役人で、愉妃が妃の位を賜《たまわ》ったのは、ひとえに糟糠《そうこう》の労のたまものだろう、と小杏は少し意地の悪い見解を披露《ひろう》した。

小菊は卓の上に指で見えない後宮の見取り図を描き、妃たちの住む宮殿の位置関係からも、寵の厚さが推察できると断言する。愉妃の住む東六宮の永和宮《えいわ》は、同じ東六宮ではあるが穎妃の景仁宮《けいじん》よりも後宮の中心から遠い。乾隆帝は西六宮に近い養心殿《ようしんでん》に住んでいるから、距離では西六宮の翊坤宮《よくこん》に住む惇《じゅん》妃の寵が厚いかもしれない。しかし、東と西では東側の宮が格上とされる上に、景仁宮は後宮の中心かつ最上の位置にある。寵愛と権威を比べれば、権威の方がより尊重されるのだとも。

さらに、穎妃の父親は蒙古の高級軍人で、惇妃の父は下級旗人であるなど、マリーは同僚たちによって、些細《ささい》だが宮廷人にとっては重要らしき情報を頭に詰め込まれる。

結論をまとめると、三人の妃のうちでは、出自でいえば穎妃がもっとも格上だが、長老が尊ばれる清国では愉妃がもっとも敬《うやま》われており、出自が劣りゴシップのつきまとう惇妃は乾隆帝が末娘に注ぐ寵愛が頼りの、難しい立場であるようだ。

乾隆帝との間に四男二女の子を生《な》し、皇貴妃にまで登りつめた永璘の母魏《ウエイギヤ》佳氏と、和孝の母惇妃は同じ包衣《ボーイ》という下級旗人の家に生まれ、選秀女では妃嬪としてではなく宮女として後宮入りした。妃嬪に仕える宮女から、乾隆帝の寵を得て今日の地位を築いたわけであるが、惇妃は乾隆帝が溺愛する末娘と、その末娘が嫁いだ寵臣和珅《ヘシエン》の後ろ盾を以《もっ》てしても、貴妃に冊封される見込みはなさそうだという。

ひとの噂話など、まともに信じてはいけないと思いつつ、ついつい同僚たちの話に耳を傾けてしまう。

「後宮の妃嬪の位には定員があるのよ。皇后はひとり、貴妃はふたり、妃が四人、嬪は六人、それより下の貴人、常在、答応、格格《かくかく》に定員はないから、いまは何人いるのかわからないけど。ご即位から五十人はお仕えしてきたのではないかしら」

滔々と続く小菊の説明に、マリーはさらに目を丸くした。

今年で在位五十六年を迎える乾隆帝は、その治世の長さからもかかわってきた女性の数が多いのかもしれない。永璘が彼自身について、『三人の妃は少ない方』などと言い切った背景を、マリーはおぼろげに理解した。

とにかく、妹より爵位の低い兄の養母は、その妹の実母とは同位だが、格と年齢は上らしい。ややこしくねじれまくった清国宮廷の人物相関図が覚えきれず、マリーは鼻血が出そうな気分だ。そのためか、マリーはその夜はよく眠れなかった。

翌朝、マリーは鈕祜祿《ニオフル》氏の廂房《わきのや》に呼ばれ、侍女が着るような上質の長袍《チャンパオ》を着せてもらった。丁寧に結い上げられた両把頭に、造花を挿した姿を鏡に映して、マリーはとまどった。牛乳のように白い肌は長袍の絹との映りも良かったが、鼻と頬に散ったそばかすがひどく場違いな気がする。

やがて迎えに来た和孝公主の馬車で鈕祜祿氏に見送られ、紫禁城へと向かう。

マリーはとにかく緊張して、和孝公主に声をかけられても鈍い反応しか返せない。とんちんかんな相槌しか打たないマリーに和孝公主は苦笑した。

「法国《フランス》の王宮には、行ったことがあるのでしょう？　どうしてそんなに緊張するの？」

マリーは驚いて訊き返す。

「ヴェルサイユ宮殿ですか。どうしてご存知なんですか」

「十七兄さまに聞いたの。なんだかすごいところだったそうね。建物のあらゆる内装が、隅々まで華美な装飾に費《つい》やされた芸術だと仰《おっしゃ》っていたわ。一介の庶民や、身元のはっきりしない外国人が王宮内に入れた、ということの方がわたくしには驚きだけど。そのときのマリーは落ち着いて十七兄さまを案内していたそうじゃない」

永璘の洋行は公《おおやけ》にはされていない。宮中でも話題にはされないと聞いていたが、この兄妹はなんでも話し合うのだと、マリーは悟った。

「ヴェルサイユ宮殿は、万民に開かれているのです。庭園には身分にかかわらず誰でも入れます。王さま自らが編纂《へんさん》された『庭園の楽しみ方案内の冊子』を片手に散策することができますし、宮殿の中や、王さまと王妃さまがお食事なさるところも見せてもらえます」

マリーの話に、和孝公主が目を丸くする番だ。

「君主が食事しているところを、赤の他人が見物するの？　それも王妃までが、下々の連中に見られながら食べるの？　それって、欧州では普通なの？」

和孝公主はぶるりと肩を震わせた。

清国の皇帝は、家族と食事する慣習すらない。大勢の太監に囲まれてひとりで食事を済ませ、まれに母親の皇太后と会食するか、皇族を相手に茶会の席を設けるくらいである。

天子とは、俗人から隔絶された崇高な存在であるという中華の伝統を、満洲人の皇帝は忠実に守り通してきた。あるいは先行する漢人の王朝よりも厳格に、そして勤勉に継承してきたかもしれない。

マリーもまた、当時のことを思い返して考えをあらためる。やんごとなき方々の食事をのぞくことは、見る側の好奇心は満たせるが、見られる側は公務とはいえ良い気分ではないだろう。フランス人の庶民は、中華の人々とは別の意味で、王族を同じ人間とは見做《みな》していなかったのだ。貴族が庶民を同じ人間と考えてはいなかったように。

「王さまは健啖家《けんたんか》との評判通り、たくさん召し上がるところを拝見しました。でも、王族のお暮らしが私生活まで公開されているのは、フランスくらいだそうです。王室も家庭的だというオーストリアから嫁がれたマリー・アントワネット王妃は、たいへん小食であったそうですから、大勢の他人に見られながら食事をすることに、いつまでもお慣れになることは、なかったのかもしれません」

「ところ違えば常識も異なるというわけね」

和孝公主は感心してうなずいた。

マリーは完成した杏花庵と樹林のピエス・モンテをおさめた箱が、馬車の振動で壊れてしまわないようにしっかり抱え込み、ふたりの妃に会ったときの拝礼の仕方と口上を、頭の中で何度も繰り返し練習していた。

そんな調子だったので、初めての紫禁城訪問であるというのに、マリーはどの門から皇城へ入り、どの道を通って濠を渡ったのか、まったく記憶に残らなかった。

気がつけば馬車の扉が開けられ、迎えに出た太監にピエス・モンテを渡し、別の太監に助けられて馬車を降りた。目の前には赤い城壁が聳《そび》え、その城壁の上に二層の巨大な宮殿が建っている。

和孝公主は勝手知ったる足取りで、紫禁城の裏口に三つ並んだ門のうち皇族用の門へと、すたすたと進む。マリーはきょろきょろしないよう心がけつつ、東洋一、あるいは世界で一番大きな宮殿に入り込んでしまった。

ヴェルサイユ宮殿とどちらの規模が大きいのかは、どちらも全容を見たわけではないし、敷地のどこからどこまでを比べればいいのかわからないので、比較はできない。宮殿群だけでなく、庭園や離宮、森や湖まで入れた宏大な敷地の境界は、空でも飛ばない限り知ることはないだろう。ただ体感的には、皇城をまたいで内城の南側から北側まで、徒歩で何度か往復しているので、やたらに広いことは実感している。

とにかく、気がつけば後宮の中であった。和孝公主は用意されていた椅子輿《いすこし》に乗り、もう一台用意されていた椅子輿にマリーも乗るように言った。

「いいえ、私は歩きます」

「だめよ、マリー。お母さまには、あなたをわたくしのお菓子の師として紹介するのだから、歩かせるわけにはいかないわ。マリーが輿を使わないのなら、わたくしも歩かなくてはなりません」

言われている意味がわからないが、ずらりと並んだ輿担ぎの太監たちが、恨めしそうな目つきでマリーに視線を注いでいる。それもマリーの顔を直視せずに微妙にずらして見つめられているのが、とても不気味だ。

「太監の仕事を取り上げるものではないわ。マリー、輿に乗って」

「でも、私は使用人なんですよ。宮城内で輿に乗っていいのは、皇族と特別に許された大臣だけだって、聞いてますけど」

「マリーは十七兄さまの使用人だけど、今日は皇族であるわたくしの『師』として参内《さんだい》しているの。『師』は両親に等しく敬うべき存在。皇帝でさえ、帝師が入室すれば立ち上がって出迎え、師が座るのを立って待つ。そして公式の場でも、帝師は皇帝の前で着席を許されるの」

そう言って、和孝公主はにこりと笑った。説明が呑み込めないで呆然としているマリーに、指を立てて付け加える。

「天、地、君主、親、そして師は、すべての人々に等しく敬われ、礼を尽くされるべき尊い存在である。清国の礼作法、そのひとつ。わかったら、椅子に腰かけて」

毅然《きぜん》とした態度と語調で命令され、マリーはあたふたと輿に登り、椅子に腰かけた。

二台の椅子輿が並んで進み始めると、行き交う太監たちはみなくるりと背を向けて下を向く。低位の太監は、高貴の女性の顔を見ることを禁じられているからだ。

マリーは、後宮内で目にする男性はみな、黄丹のような太監であると知ってはいたが、その数の多さを目の当たりにして愕然《がくぜん》とした。王府で見かける太監は近侍ばかりだったが、後宮において実務からあらゆる雑用をこなす太監の数は、千とも三千とも聞かされている。

これほどの数の男たちが、後宮に勤めるために去勢されたのかと思うと、マリーは目眩《めまい》がしてきた。

椅子輿の乗り心地は良くない。揺れるので酔ってしまうだけでなく、だれかが蹴《け》つまずいたら自分も輿から転げ落ちてしまうのではと、不安のあまり椅子の肘掛けをぎゅっと握りしめる。和孝公主はなぜあんなに悠々としていられるのか、マリーには理解できなかった。

和孝公主の母親、惇妃汪氏《じゅんひおう》の住まいである翊坤宮《よくこん》へとまず訪れる。

惇妃は細面《ほそおもて》の、というより細長い輪郭《りんかく》に頬骨の高いあごの尖った女性であった。控えめな口元と小鼻に和孝の面影はあるが、切れ長の目元は優しげで、パッと見てそれほど似たところはない。和孝は永璘と似ている気がするので、末の兄と妹は父親の乾隆帝に似ているのだろう。

和孝公主はマリーを母親に紹介し、マリーは練習の成果を発揮して、滞《とどこお》りなく拝礼をすませた。惇妃はマリーの献上した杏花餡に感心し、娘の手作り菓子の詰め合わせを見て喜び、ひとつひとつ口に入れて味わっては、近侍の淹れた茶でのどを潤す。

おしゃべりをするのは主に和孝公主で、惇妃は娘の話に笑ってうなずき、マリーは緊張を解かず、調子を合わせて微笑むばかりだ。

惇妃が気に入ったのは一口大のシュークリームだ。清国の宮廷菓子は大きな口を開けてかぶりつくようなものが見当たらないことから、妃に出す菓子は小さく作ってみたのが正解だった。

「この甜心はなんという名前？」

惇妃はにこやかに訊ねる。小菊たちに吹き込まれたような、侍女を殴り殺したり、自殺に追い込んだりするような女性には見えなかった。

「フランス語ではシュー・ア・ラ・クレームといいます。慶貝勒府《けいベイレふ》の奥様には『芙蓉奶油餡《ふようナイヨウあん》』という漢名をいただきました」

「ああ、たしかに形が咲き初《そ》めた芙蓉の花のようですね。芙蓉を卵の風味にもかけた、よい命名です」

「ありがとうございます」

鈕祜祿《ニオフル》氏の感性を褒められて、マリーは嬉しくなる。

満面の笑みを返すマリーに、惇《じゅん》妃は「慣れぬ異国暮らしは、大変でしょう」と訊ねた。

「慶貝勒の嫡福晋《ちゃくふくしん》は名門鈕祜祿氏の、それも主流の一族の姫でいらしたわね。ご実家は何人もの皇后を出し、多くの大臣や功臣を輩出してきた権門。慶貝勒妃も皇族の正室として、格式の高い王府を采配しておいでのことでしょうから、清国の流儀から外れたことには、厳しいのではありませんか」

――そんなことないですよ。ご夫婦ともに気さくなご気性で――と言いそうになって、マリーは慌てて唾を呑み込んだ。

問われたことに事実を答えただけで、相手を不快にさせることがあるかもしれない、というのは十五皇子永琰との対峙で学習済みのマリーだ。まして、名氏族のお姫さまで貝勒の正妃である鈕祜祿氏の家政ぶりを、下層旗人の階級に生まれ、底辺の宮女から身を起こして皇帝の側妃となったものの、絶えず降格の憂き目に遭ってきた惇妃が訊ねるのだから、迂闊《うかつ》なことは言えない。

マリーの背後で小菊の幻が警告を放つ。よく見れば、惇妃の目は笑っていない。マリーはとっさに近侍の表情に目を配り、和孝公主の横顔を盗み見る。

「あの、はい。清国流がよくわからず、いらない騒ぎを起こして、謹慎処分になったりもしました。処分をお決めになったのは、老爺《ラオイエ》で奥さまではありませんでしたが」

それだけ答えるのに、のどがカラカラだ。

「お母さま。十七兄さまのご性格はご存知でしょう？」

和孝公主が朗《ほが》らかに口を挟む。

「お義姉《ねえ》さまは十七兄さまの思いつきに振り回されっぱなしで、お気の毒なくらい。いちいち使用人の失敗に目くじらを立てている余裕はありません。ですが、十七兄さまがおおらかすぎて、慶貝勒府は少し引き締めが必要とはわたくしも思います。お訪ねするたびに、さりげなくそのようにお伝えしてはあります」

マリーは高まる動悸と、のど元まで上がってきた心臓に、胸を押さえそうになる。やはり惇妃は、鈕祜祿氏に対して含むところがあるのだ。惇妃はホホホと高めの笑い声を上げた。

「甜心づくりを学ぶためとはいえ、おまえのような小姑《こじゅうと》にたびたび顔を出されては、慶貝勒妃も心の安まるときがないでしょうね」

和孝公主は母親に調子を合わせて「うふふ」と品良く笑って見せた。

「そうね、慶貝勒の嫡福晋は、少しお気の弱いところがあると聞いています。奔放な末っ子を伴侶に持つと、苦労するようですね」

「お母さま。それはわたくしと豊紳殷徳《フェンシェンインドゥ》さまとのことですか」

子どもっぽく頬をふくらませて、和孝は拗《す》ねてみせた。惇《じゅん》妃は目尻を下げて笑う。

その後は、和孝公主がもっぱら主導権を発揮して当たり障りのない会話が続き、やがて永璘の養母、穎《えい》妃の住む景仁宮を訪れる時間となった。マリーと和孝公主は惇妃に見送られて翊坤《よくこん》宮を退出した。

「お母さまと、ごゆっくりなさりたかったのではありませんか」

翊坤宮の門が見えなくなってから、マリーは気を遣って和孝公主に訊ねる。和孝公主はカッポカッポと軽やかな花盆靴の立てる足音を響かせ、首をかしげて微笑んだ。大拉翅《だいろうし》の飾り紐がゆらゆらと揺れる。

「今日はご機嫌がよろしかったから、もう少しいても良かったかしら。でも、マリーに紫禁城を案内するのは、十七兄さまとのお約束だからね」

小菊たちに刷り込まれたゴシップのせいか、和孝公主が気難しい母親に気を遣っているのではないかと邪推《じゃすい》してしまうマリーだ。

黄色い瓦《かわら》を載せた、赤塗りの壁に囲まれた紫禁城の通路は、どこも同じように見えるのだが、来た道を戻っているという漠然とした確信で、マリーはあたりを見回した。椅子輿では、他人に担がれている恐怖から、周りを見回す余裕がなかった。しかし、自分の歩調で歩けるのならば、観光気分でフランス人上流階級の憧れる、中華風建築《シノワズリ》の神髄を堪能できる。

石畳の通路は滑らかで、輿よりも馬車を使えばいいのにとマリーなどは思うが、後宮内では車は使わない決まりらしい。椅子輿でなければ騎乗となるらしいが、それも特別な許可を得た親王級の皇族だけであるという。つまり、この宏大な後宮の中を移動する手段は、そこに住むほとんどの人々にとっては、徒歩しかないのだ。

左右にときおり小さな通用口を見かける。赤い壁に緑を基調とした枠や格子《こうし》、透かし彫りの装飾が続く。慶貝勒府《けいベイレふ》や和珅《ヘシエン》の邸宅もそうであったが、赤と緑を住宅に多用するのが清国の宮廷好みなのだろうか。毎日がクリスマスみたいだなと思いながら、マリーは顔を上げた。瑠璃瓦《るりがわら》の黄色い屋根の向こうに、二階建てかそれ以上の、巨大な宮殿の屋根が通路からも見える。和孝公主は右手の壁を指して説明する。

「こちらは、内廷三宮と呼ばれる、乾清宮《けんせいきゅう》、交泰殿《こうたいでん》、坤寧宮《こんねいきゅう》。内廷だけど、一番南の乾清宮は皇上が大臣を謁見なさったり、日々の政務をお執りになる宮殿」

花盆靴のために、マリーの視線よりも高いところから和孝公主は話しかけてくるが、その歩調に危うさはまったくない。

「真ん中の交泰殿は、皇后が季節行事に臣下からお祝いを受ける宮殿」

和孝公主はそこでいったん言葉を切った。

大清帝国の皇后の座は、ふたりめの継皇后那拉《ナラ》氏が薨《こう》じたのち、二十五年のあいだ空席となっている。最初の皇后の遺言によって、次の皇后に冊立された那拉氏であったが、晩年は狂疾《きょうしつ》の噂があり、発病から一年のあいだ幽閉されたのち四十九歳で世を去った。乾隆帝は、即位前から側福晋として連れ添ってきた那拉氏の位号を削ることはしなかったが、皇貴妃として葬儀を行わせ、死後は冊諡《さくし》もされていない。そして、乾隆帝は二度と皇后を立てないことを明言している。

それは、紫禁城に来る途中の馬車の中で、いくつかの宮城にまつわる話題として、触れてはならない禁忌《きんき》について和孝公主が教えてくれた物語のひとつだ。

四半世紀も前の清国宮廷、至上の一対の男女のあいだに、いったいどんな悲劇があったのか。部外者には想像力をかきたてられるが、これも触れてはならない宮廷のタブーであろう。小菊から聞いた話では、乾隆帝には皇子であったころからも数えると、五十人からの妃妾がいるという。色狂いと揶揄《やゆ》されたルイ十五世も足下に及ばぬ艶福家ではあるが、皇后として冊立したのが即位前からの妃ふたりだけと聞けば、伴侶とする相手には、特別な思い入れがあるのだろうと想像する。

そうすると、惇《じゅん》妃やこれから訪れる穎《えい》妃には、身も蓋もないような気持ちになるマリーだ。

内廷三宮を囲む塀を右に折れ、和孝公主は壮麗な門の前を過ぎつつ、中を示した。

「これは坤寧宮《こんねいきゅう》。清国の皇后の正殿」

塀の瓦越しに見上げても、屋根がのぞく大きな宮殿だ。貝勒府《ベイレふ》の正房《おもや》の何倍もあるし、屋根の高さだけを見ても二階か三階はありそうだ。しかし、いま見てきた惇妃の翊坤宮《よくこんきゅう》よりも豪壮なその宮殿が、主不在のために四半世紀のあいだ使われていないと知ると、外国人のマリーにも胸に迫るものがある。

だが、この壮大な紫禁城そのものが、国を挙げての儀式に使われるだけで、皇帝もその家族もほとんど寄りつかないというのだから、あきれてしまう。和孝公主は子どものころ、自然にあふれた円明園から、壁と石畳に囲まれた紫禁城に帰るのが嫌で、秋の終わりにはいつも涙で枕を濡らしたという。

紫禁城の内廷は、幾重もの塀や石の壁に仕切られ、ひとつひとつの区画は大門や通用門で出入りする。城と宮殿が入れ子になっている様式は、和孝公主の嫁ぎ先、軍機大臣和珅《ヘシエン》の邸宅と似ている。和珅の邸はその敷地内に、王府に等しい規模の公主府をも抱え込んでいることもあり、それだけでひとつの城下町となっていた。

北京という都市は、知れば知るほど、出口も終わりもない迷路に入り込んでいく気がする。

そうして、硬い石畳と赤い塀、黄色い瓦屋根に閉ざされた短い散歩と春の陽気に汗ばむころ、景仁門《けいじんもん》に着いた。門の上、瓦屋根の下に掲げられた扁額《へんがく》は、赤と金の雲形の枠に囲まれ、青地に金色の韃靼《だったん》文字と漢字で『景仁門』と打ち出されている。

門をくぐる前から、宮殿内の視界を阻《はば》むように、魔を払う影壁《えいへき》が立ちはだかっているのが見える。高さ約二メートルを超え、幅もそれ以上ありそうな白大理石に浮かび上がる模様は、流れる水か雲を思わせる。

マリーはこうしたところに、フランスと清国の違いを見つける。ヴェルサイユ宮殿ならば、宗教壁画やモザイク、等身大の肖像画で壁を飾り、金箔《きんぱく》の支柱に無数のシャンデリアと彫刻など、これでもかというほどの富と芸術を誇示するところだ。いっぽう紫禁城の宮殿群は、規模の豪快さは西の帝国に劣るところはないものの、瓦や廂《ひさし》などの彫刻や浮き彫りで人工的な精密さを表現することはあっても、自然に由来する素材を、そのまま用いるのを好む傾向があるようだ。

ヨーロッパでは近年、こうした田舎の景観を取り入れたイギリス風や、自然由来の素材を活かした中華風《シノワズリ》が好まれ人気を博している。王妃マリー・アントワネットも、自らの庭園に東洋の風味を取り入れようとしていたという。

影壁《えい》を回り込むと、景仁宮の石段の最上段に、永璘が立って待っていた。マリーと和孝は、穎妃の待つ宮殿へと足を踏み入れる。

ピエス・モンテはすでに配達されていて、景仁宮の穎妃の居間に飾られていた。作ったのはマリーだが、献上菓子の贈り主は永璘である。マリーはその菓子を作った職人として、特別に穎妃より言葉を賜る建前であった。

この年、穎妃は六十歳。和孝やマリーには祖母くらいの年齢差である。

身内びいきの小菊は、穎妃が元《げん》の時代まで遡《さかのぼ》る蒙古旗人の名門巴林《バリン》氏の出であることや、妃嬪候補の八旗選秀では首位で選抜されたこと、そして出自の高さや美貌を鼻にかけることなく、入宮以来誰とも争わずに粛々《しゅくしゅく》と乾隆帝に仕えてきたこと、子を産まなかったにもかかわらず妃の位まで登ったのは、その人柄が皇上に愛されたからに違いない、などと我が事のように自慢した。

もちろん、小菊は穎妃に会ったことも口を利《き》いたこともなく、その影を垣間見たことすらない。マリーが長いあいだ王妃マリー・アントワネットに憧れ、王室記事のゴシップを集めては、陶酔《とうすい》しつつ眺めていた心理と似ているだろうか。小菊は小蓮のように永璘に恋情や憧憬《どうけい》を抱えたようすを見せたことはないが、永璘の生母魏《ウェイギヤ》佳氏の持ち上げぶりも尋《じん》常《じょう》ではなかったので、後宮への関心は並々ならぬものがあるようだ。もしかしたら、宮廷新聞（そのようなものが清国にあるとして）の旧刊も、ひそかに蒐集《しゅうしゅう》しているかもしれない。

そうした前情報のせいか、満面の笑みを浮かべた穎妃が、和孝公主とマリーに着座を勧めたときも、マリーは惇《じゅん》妃のときほど緊張せずにすんだ。

穎妃は外国人に対する偏見や嫌悪感などどちらりとも見せず、脇の小卓に飾られたピエス・モンテを眺めてマリーを褒めた。

「すばらしい工芸菓子ですね。自然の花鳥を象《かたど》った料理や点心は清国にもありますが、家や庭を菓子で造ろうという発想が、珍しいこと。こんな素敵な誕生日の贈り物は、なかなか思いつきませんよ。とても嬉しいです」

贈り物の主旨《しゅし》が、穎妃の誕生日祝いであるというのは寝耳に水だ。それならばもっと誕生日にふさわしい趣向を凝《こ》らしたのに、とマリーは少し恨めしくなって永璘の横顔を盗み見た。

宮女が茶を淹れて、卓を囲む四人の前に並べてゆく。茶菓子はピエス・モンテの材料にしたビスキュイ・ア・ラ・キュイエールやヌガー、メレンゲをひとつずつ試食用に用意したものだ。

穎《えい》妃は岩を模《も》した焦げ気味のメレンゲと、ビスキュイを口にし、茶をすする。

「口の中で雪のように溶けてしまうのは、面白いですね。雲を食べると、こういう感じなのかもしれません。この年になるともう、固い物やたくさんの量は食べられませんからね。目を楽しませる菓子というのは、良い趣向です」

袖で口元を隠して笑った。そろそろ歯が抜け始めているのだろう。

一見固そうなヌガーは練り飴なので、嚙み切れず歯に付くのが難だ。とはいえ飴なので、舐《な》めていればやがては口の中で溶けていく。他の菓子も、みな嚙み砕く必要のないものばかりであることに、マリーはほっとする。

穎妃の好みや健康状態について、永璘はマリーに何ひとつ助言しなかった。もしミルフイーユや固めのビスキュイなど出していたら大失敗だったろう。永璘がそこまで気を回す性質《たち》ではないこと、そして永寿宮《えいじゅ》を出て十年が過ぎているので、たまに訪れる養母の健康状態まで把握していないことを、差し引いて考慮する必要があったかもしれないが。

穎妃の息子として、そしてマリーの主人として気が利かないにもほどがあると、マリーは内心で永璘に苦情を並べた。

「工芸菓子としてはよくできていますが、この小屋は永璘の王府にあるのを、西洋風茶房に改築して、そなたに与えたのだそうですね。はるばる異国から来て、こんな小さな賤家《しずや》を与えられては気の毒に思います。あなたはそれでいいのですか。瑪麗《マリー》とやら」

　穎妃も、マリーを永璘の妻妾のひとりと解釈しているのだろうか。永璘がどのように説明しているのか知らないため、うかつな返事ができない。マリーはどう答えたものかと永璘へ目を泳がせた。永璘はにこにこと笑うだけだ。兄皇子を前にしたときのような緊張感や卑屈《ひくつ》さは、微塵《みじん》も漂わせていないことから、マリーは安心して自分の考えを口にした。ただ、なるべく当たり障りがないように。

「私は職人の家に生まれた者です。跡取りの男子がいなかったので、菓子職人となり、自分たちの店を持つために必要な知識と技術を、父は私に授けてくれました。私は菓子作りを天職だと考えておりますので、父の恩に報いるためにも、修業を続ける機会を授けてくださった貝勒《ベイレ》殿下には、とても感謝しております」

　あらゆる下問に対して和孝公主が用意してくれていた回答を、すらすらと答える。清国人の心情に訴えるような台詞《せりふ》は、マリーには考えつかないものだ。女が手に職を付けてひとり立ちするという発想がない清国において、マリーの自立心が反感を買わないように、孝心に優れた女子を前面に押し出す。

清国では孝行にまさる美徳はない。

清国の女性ならば、何をなげうっても手に入れたい皇族の妻妾という地位を拒《こば》み、みすぼらしい田舎家に不満を持たず、父の遺志を継ぎ、その技を伝えていこうとするマリーの姿勢を、穎《えい》妃は好ましく思ったようだ。

和孝公主の読み通り、穎妃は感心して何度もうなずいた。

「そなたのお父さまも、泉下《せんか》でお喜びになっていることでしょう」

マリーが初めて聞いた泉下という単語の意味を、正しく理解できなかったことは幸いであった。地下にある死者の国といえば、地獄ではないかと気分を害するところだ。不快さが顔に出たり、反論したりしたかもしれない。わからなかったので、清らかな泉の湧く天国のようなものと漠然と解釈して、神妙にうなずき返す。

「皇上に見せて差し上げたいですねぇ」

穎妃の言葉に、和孝公主はすかさず身を乗り出した。

「皇上はお喜びになるでしょうか」

穎妃はゆるゆるとうなずいた。動作がゆっくりすぎて、首を横に振ったのかうなずいたのは、判然としない。

清朝のならいとして、皇帝が妃宮へ足を運ぶことはあまりない。そのため景仁宮に飾っておいて、さりげなく乾隆帝の目に留まるということは期待できない。老いてなお政務への情熱の衰《おとろ》えない乾隆帝は、後宮の反対側にある東六宮を訪れることはほとんどなくなっていた。

「お目にかけるとしたら、口実を設けて養心殿に献上することになります。もともと、船来の珍しいものや、西洋のからくりがお好きでおいでですから、きっとお気に召すことでしょう。あんなに反対しておられた永璘の洋行も、内密にはお許しになりましたし。ですが、折を見誤っては命とりですから、慎重にことを運ばねばなりません」

　長い時間を後宮で生き延び、いまはもっとも発言力のある妃となった穎妃の思慮に、誰も異を唱《とな》えない。永璘は小さく嘆息して、話の方向を変えた。

「皇上にはしかるべきときにお目にかけるとして、私が困っているのは、西洋人の糕點《ガオディアン》師《シー》を雇っていることを、十五阿哥《あか》が快く思っておいでないことなのです」

　穎妃は眉間に一本のしわを増やして、袖で口を覆う。

「嘉親王の不興は買うわけにはいきません。親王が瑪麗《マリー》を法国《フランス》に送り返せと命じたときは、速《すみ》やかにそうしなさい」

　低くつぶやくようにして答える。マリーは心臓がきゅっと冷えたが、驚きはしなかった。永璘が養母を味方にして兄を牽制《けんせい》しようとしたのは察していたが、宮廷と義子の将来を第一に考える穎妃が、異国の小娘ひとりに肩入れをするはずがない。

「永璘。あなたには慎重さが足りません。ただでさえ皇族が国を飛び出すなど、あり得ないことを皇上にお願いして、外国人のそれも若い娘を連れ帰るなど、まったく思慮に欠けます。先帝の御代《みよ》でしたら、この一事だけで、いかようにも悪しき解釈をされ、とうに足をすくわれて失脚、白絹か杯を賜っていたかもしれません」

手厳しい叱責《しっせき》に、永璘は肩を落としうつむく。すでに自分の王府を構えて十年という、皇族としての務めも責任もある皇子が、いたらぬ子どものように叱られている。マリーは清国を追い出されるかどうかという瀬戸際であるにもかかわらず、頬がゆるみそうになってぐっと奥歯を食いしばった。

「事情を聞けば、その娘を置き去りにできなかったことは理解できます。ですが、どんな切羽詰まった状況でも、前後を見据え、道理を考えて、やってはならないことの分別は必要なのです。永璘、あなたは年端もいかない娘が、たったひとりで異国へ連れてこられることが、どういうことなのか、きちんと考えましたか」

永璘は顔を白くさせて、しどろもどろに言い訳を始める。

「報酬《ほうしゅう》だけを渡して別れることも考えましたが、それこそ、年端のいかない娘ひとりが無事にパリに帰り着くことも、危険な情勢でした。そのパリには、もはや頼る家族も友人もいないということでしたし。通訳の李賈森《リジシン》と落ち合ったときにでも、適当な伝手《つて》を使って落ち着き先を探させるつもりでしたが、李の行方《ゆくえ》はとうとうわからずじまいで」

マリーは久しぶりに聞いた名前にまばたきをする。永璘の一行について、澳門《マカオ》からパリまでの専属通訳を務めたジェイソン・リーは、マリーと同じ欧華混血の青年だ。パリで数回顔を合わせたきりだが、パリ滞在の途中でブレスト港へ使いに行ったきり、消息を聞かない。ブレスト港で問い合わせたときには、任されていた仕事は滞《とどこお》りなく片づいており、貨物や船舶の手配に必要な資金の使い込みもなかった。

街で何らかの事件に巻き込まれたか、あるいはパリへ戻る途中に強盗にでもやられてしまったのか、調べさせる時間もなかった。無事ならばそのうち連絡してくるだろうと、永璘は暢気に構えていたのだが、今日まで彼の名を聞くことも、永璘の外遊に随行した誰かが口にすることもなかった。

「では、さっそく澳門にひとを遣《や》って、その李なんとやらの消息を捜させなさい。そして、瑪麗《マリー》がいつでも法国《フランス》に無事に帰国できるよう、信頼できる案内人の手配も始めておきなさい」

もう帰国が前提なのかと、マリーはこんどは心臓でなく胃がしくしくと痛み出した。だが、穎《えい》妃はマリーをただ放り出すことはよしとせず、途中で旅費を盗まれたり、かどわかされたりしないように、手を配るように永璘に念を押している。

穎妃の心配りがわかったので、マリーは黙って成り行きを見守った。

次に、穎妃は目を上げて、永璘に向けた目を和孝公主へと移す。

「和孝。兄弟を大切になさい。何があってもそなたとそなたの家族を守ってくれるのは、嘉親王とこの永璘だけです。そして嘉親王は、永璘とそなたを頼みにしておいでですから、三人の間に遺恨が生まれるようでは、次の世代の未来は明るく平穏なものとはいえません」

マリーは、穎妃が成親王永瑆《えいせい》と儀郡王永璇《えいせん》を兄弟の数に入れてないことに気づいたが、顔色を変えたり、要らぬ口を出したりしないよう、ぎゅっと頬の内側を噛む。

「皇上のお心はすでに決まっています。そなたたちは要らぬ欲を起こさず、ただ頭を低くして、邪《よこしま》な心を持つ者につけこまれる隙を作らぬよう、己の分を守って過ごすのですよ」

マリーは、隣の和孝公主までが、膝の上に載せた両の拳をぎゅっと握りしめているのを見た。マリーの理解の及ばないところで、穎妃の忠告は和孝の胸を痛くしているのだ。

実母の惇《じゅん》妃が冷宮に幽閉されていたとき、和孝を養育したのは穎《えい》妃だったのだろうか。ならば、永璘とは同じ宮で一時ともに育ったことになり、兄妹の仲の良さもうなずける。

八十を超える乾隆帝の治世は間もなく終わる。次の皇帝になる人物と、その弟妹の運命について穎妃は示唆《しさ》している。しかし、清朝の歴史も、近年の宮廷事情も知らぬマリーには、穎妃の綿に真意を含んだ話の要点は見当もつかない。永璘や和孝が息すら潜めて神妙に穎妃の話を聞いているその理由を、知りようがなかった。

ただ、ひとつ下の友人が抱えるその痛みの、何分の一かでも、自分の肩に引き受けることができたらいいのに、とマリーは切に思った。

穎妃は厳しくひそめていた眉を、ふっとゆるめた。ほのかに微笑み、子というより孫世代の三人を見回す。

「ですが、今日明日にどうこうなる、という問題でもありません。永璘。用心だけは、忘れないようになさい」

穎妃は茶杯を持ち上げ、蓋をとって残りの茶を口に運ぶ。永璘も和孝も同じように茶杯を手に取ったので、マリーもならって茶を飲み干した。

マリーは、穎妃が食べかけた菓子が、どれもひと口ずつ齧《かじ》りとっただけで小皿に置かれているのを見て、口に合わなかったのかと気になった。かといって、不味《まず》かったですかとも訊くのは憚《はばか》られる。

西洋人を嫌う清国人の中にあって、穎妃に味方になってもらう、あるいはせめて嫌われずにすむためには、マリーの菓子を気に入ってもらうしか方策はない。この参内を計画した和孝公主の目的がまさにそうだったのだが、逆にマリーの穏便な帰国を諭《さと》される運びになってしまった。

穎妃に食べ残された菓子を眺めていると、それがあの日、ブレスト港で外洋船に乗り込もうとする永璘を、途方に暮れて眺めていた自分を思い出す。マリーはなんだか泣きたくなった。本当に、どこにも行き場も居場所もなくて、捨てられるだけの食べ残し。

浮かない表情のマリーに、穎妃が声をかける。

「瑪麗《マリー》とやら。そなたの甜心はとてもおいしかったですよ。わたくしはもう、量があまり食べられないので、こうして少しずつ味わうことができるだけで、充分です」

「お体の具合が、お悪いのですか」

マリーは、穎妃の顔色や肌をあらためて見つめ、訊ねてみる。

「いいえ、年を取っただけです。以前は好きだったものも、あまり欲しくなくなってきました。永璘が以前、そなたの作ったという、奶油《ナイヨウ》をたっぷり使った甜心を持ってきてくれましたが、匂いだけでお腹がいっぱいになって、食べられなかったのですよ」

穎《えい》妃の鷹揚《おうよう》な話しぶりに、永璘が口を挟む。

「奶油は母上の好物だと思っていましたので、ご病気にでもおなりかと、とても心配しましたよ」

「昔はね。奶油を練り込んだ揚げ菓子は、大好物でした。年を取るということは、そういうことです。いまあなたがたが食べられるものを、しっかり楽しんでおきなさい」

過ぎてきた春秋を懐かしむように、穎妃は目を細めて子どもたちを見回し、田舎家と杏樹林のピエス・モンテを眺める。

「この工芸菓子はぜんぶ食べられるのですね。景仁宮のみなで楽しんだあと、分け合っていただきますから、無駄にはしませんよ。皇上や嘉親王のご判断がどうあれ、瑪麗《マリー》が甜心作りに優れた才能を持っていることは明らかです。時間の許す限り、永璘のもとで精進《しょうじん》なさい。女に求められるのは刺繍《ししゅう》や裁縫、織物の技ばかりですが、花樹の美しさを布に写すことができるのなら、女にも絵画や工芸に技を伸ばせないということはないはず。そなたは、この年にしてわたくしにそのことを気づかせてくれました」

穎妃はそういって口を閉じると、疲れたようにまぶたも下ろした。黒ずんだまぶたに疲労が見て取れる。四十歳からを老年とする清国では、六十歳は高齢の域となる。

永璘はこれ以上養母を疲れさせないよう、暇《いとま》の挨拶を告げる。穎妃はにこやかに微笑み、着席のままで見送ることを詫びた。膝の痛みのために、立ち上がることも困難な日があるという。

マリーは永璘と和孝公主について、景仁宮を後にした。三人は輿を使わず、つらつらと南北に走る後宮の通路を歩いて神武門《しんぶもん》へ向かった。和孝公主は、穎妃や母の惇妃《じゅんひ》に味方になってもらおうという計画が果たせなかったことを、マリーに詫びた。

「いえ、清国に留まれないのは残念ですが、紫禁城の内側まで入れてもらったことは、一生の思い出になります」

マリーが恐縮してそう言っても、和孝公主は悔しさで花盆靴の足音も高く早足になる。

「落ち着け、和孝。母上はいますぐマリーを法国《フランス》へ追い返せとは仰せではない。十五阿哥や皇上のご命令であれば従えということだ」

永璘が兄らしく和孝を諭すのも、マリーの目には微笑ましい。

神武門で和孝公主とは別れ、マリーは永璘の馬車に乗り込んだ。

「思ったほど、はかばかしい結果にならず、すまなかったな」

馬車の中でふたりきりになると、永璘は失望を隠さず謝る。

「いえ、いままでも充分よくしてもらってますから、これ以上は老爺《ラオイエ》にも奥様にも迷惑をかけられません。でも、ひとつ気になることがあるんですが」

以前のように、率直に話しかけられなくなっていたマリーは、遠慮がちに切り出す。

「なんだ」

「老爺《ラオイエ》が私を連れてきたのは、私の菓子作りの腕を見込んだからではなく、同情からだったんですか。身寄りのない私を見捨てるのがかわいそうだったから？」

永璘は返答に迷ったらしく、視線を泳がせ、すっと口をすぼめるような仕草をする。口にする言葉を舌といっしょに咀嚼《そしゃく》しているように頬を動かし、ゆっくりと息を吐いた。

「同情、というか、マリーの事情と法国《フランス》の状況を知っていて、あそこで置き去りにできる人間がいたら、そやつの良心を疑うがな。通訳の李賈森《リジシン》に払うはずだった残りの報酬を渡せば、マリーは法国のどこかに家の一軒も買えただろう。しかし革命下の法国で、親も主人もいない未婚の女子が大金を持っていたら、その方が危ない。誰も彼も私を軽率だ浅慮だと責めるが、他にどうすれば良かったんだ？」

問い返されたマリーは、永璘の言い分にも一理あるとは思った。

「それに、料理人の太監も亡くなった帰りの船旅は、とても耐えられそうになかったのも事実だ。マリーの菓子と料理の腕は、あの当時でも臨時厨師として雇うのに申し分なかった。母上にも申し上げたとおり、澳門《マカオ》に着いてから李賈森《ジシン》か、李を紹介した交易商に交渉して、今後のマリーの身の振り方を考えても遅くはないと思ったのだが――」

マリーの帰国なり再出発を恃《たの》むに足りる人間が、澳門で見つからなかったのだという。

「私なりにいろいろと考えたんだぞ。外国人の職人が北京で働いていた前例もある。帰京してから出した在留許可《ガオディアンシー》の申請は、問題なく通った。多少、賄《まいない》は弾まねばならなかったが――マリーには糕點師として見込みもあることは、高厨師も認めた。高厨師とも話し合った結果、マリーは年齢的にも修業でも中途半端であるから、我が王府で何年か働いて経験を積ませようということで同意した」

「高厨師がですか」

マリーは驚き、同時に胸の底に温かいものが湧き上がる。見習いとして、高厨師に評価されることが、何よりも嬉しい。

「うむ。マリーもいつかは里心がついて、故国に帰りたくなる日もくるだろうが、いまは革命が落ち着くまでようすを見るのが良いと、私も思ったからな」

北京に落ち着いた半年前には、あまりにも長かった船旅に、マリーは清国に骨を埋めることを覚悟していた。しかしここ最近、鈕祜祿《ニオフル》氏が帰国の援助をほのめかしたこともあり、ホームシックになっていた。そして、永璘がこれほどはっきりと言及したことで、帰国は急に現実味を帯《お》びてきた。しかし——

「革命が落ち着く——」

という状況が想像できない。前と同じ暮らしが帰ってくるのだろうか。王と王妃がヴェルサイユ宮殿に戻り、平穏な日々が戻り、市場が開催され、マリーはパティシエールとしてパリのどこかで働く日々。

だが、あの街にはもう、父もいなければジャンもいない。保証人もいない半欧半華の自分を雇ってくれるパティスリーやホテルを見つけるのは難しいだろう。中華の甜心を作れることは武器になるだろうか。

「王さまと王妃さまは、いまごろどうされておいででしょうか」

ずっと気になっていたことを訊ねる。

「子どもたちとパリ市内の宮殿に幽閉されている、というのが先月の報告であったが、報《しら》せが届くのに半年以上かかる。いまも幽閉されているかどうかはわからん。マリーこそ、教堂で何も聞いていないのか。そういう情報は、宣教師たちの方が詳しいだろう」

「え、訊いてみようとも、思わなかったです」

実際、教堂はひたすら祈る場所であり、アミヨーとはフランスの思い出を語ることが楽しみであった。どういうわけか、現在のことや未来のことを、話題にしようとは思ったことがなかった。

「革命が起きると、王家はどうなってしまうのでしょう」

国王一家が幽閉されていると知り、マリーは不安で胸が痛む。

「大清の前の王朝、明《みん》の最後の皇帝は、皇后に縊死《いし》を命じ、側室と娘たちをその手で斬殺したのち、自ら首をくくったという」

マリーは目を瞠《みは》った。

「あの、それは老爺《ラオイエ》のご先祖さまに征服されてのことですか」

「いや、同じ漢族の李自成《りじせい》による農民の反乱で、北京が陥落しての自殺だ。我が先祖はその反乱軍を滅ぼしたのち、明の最後の皇帝を歴代の陵墓《りょうぼ》に葬《ほうむ》った」

マリーは中華の前王朝が、同じ民族の庶民に倒されたと知って、衝撃を受けた。明王朝のあとに中華を統一した清王朝が異民族であったことから、革命というよりは、異民族の侵略と戦争によって滅ぼされたという印象を漠然と抱いていたからだ。

フランスの庶民が立ち上がって自らの王室を倒したフランス革命と、飢饉《ききん》や頻発《ひんぱつ》する農民の反乱によって崩壊した明王朝には共通点がある。

「王室が助かって復活する前例は、ないのですか」

マリーは藁《わら》にもすがる思いで訊ねる。

「明の前の元《げん》では、朱元璋《しゅげんしょう》に逐《お》われた恵宗《けいそう》が北へ落ち延びて、北元という国を建てた」

希望が見えてきたマリーは、自然と淡い微笑が口元に浮かんだ。

「皇室と国がその後も残った例はそれだけだな。あとは自害や殺害されずに禅譲《ぜんじょう》した君主は幽閉されるか、庶人となって野に下るか、そんなところだ」

革命が王朝にもたらす容赦《ようしゃ》のない運命に、マリーはすがるべき希望も見失う。フランス王国という国は、もうなくなってしまうのだろうか、そんな祖国へ帰っても、マリーに生きる場所はあるのだろうか。

唯一神によって主権を授けられた王が民の上に君臨してこそ、国家が存在する。マリーたち庶民は心からそう信じていた。それは君主制のもとに生きてきた多くの国々では、揺るぎない真理であり、常識であった。

「マリー、これをやる」

呆然とするマリーに、永璘は袖から細い棒のようなものを引き出して手渡した。受け取ったマリーは、それが紙を丸めたものだと知る。

「見て、いいですか」

「もちろんだ」

マリーはどきどきしながら紙を広げた。

「わあ」

素直な感嘆の声が、マリーの喉からあふれる。

満開の杏の樹林に囲まれた、半分が煉瓦でできた藁葺きの田舎家だ。すべてがお菓子でできている。飴の花と樹々、糸飴の屋根、ヌガーの煉瓦と石畳。ビスキュイの壁とメレンゲの築山。どういう筆遣いと色の載せ方をすれば、それが春の風景画でなく菓子を材料にした工芸品であると表現できるのか。

「すごいです！　素敵です」

「それがあれば、花が散ってもまた同じような菓子が作れるだろう？」

マリーは絵を丁寧に丸め直して胸に抱いた。

「はい。どうもありがとうございます」

思えば、ふたりきりで話をしたのは、ずいぶんと久しぶりだ。永璘を愛称で呼ぶことを許されていた日々が、ふいに甦った短いひとときだった。

第三話

乾隆帝の宮廷画師

西暦一七九一年　乾隆五六年　春から初夏
北京内城

菓子職人見習いのマリーと、北堂の宣教師

マリーはたったひとりで杏花庵《きようかあん》に出勤して、お菓子を作る。他の使用人と同じように働いて、そして五日ごとに休みをとる。ただ、それは欧州のように土曜日と日曜日に労働を休むという感覚ではなく、洗濯や入浴のための一日で、日がなゆっくりと体を休めたり、朝から晩まで出かけたりできるわけではない。マリーは聖祭の行われる主日に合わせて休みを取り、午前中は皇城にある北堂へ礼拝しに行く。最近は王府から近い南堂ではなく、皇城の中にある北堂へ通う。

「もう道も覚えましたし、送り迎えしてもらわなくても大丈夫ですよ。」

マリーはアミヨーに贈るガトーを両手に抱えて、隣を歩く侍衛《じえい》の何雨林《かうりん》に話しかけた。

「老爺《ラオイエ》のご命令です。趙小姐《ちようシヤオジエ》や俺の勝手でやめるわけにはいきません。仕事ですから、俺のことは気になさらないでください」

そうは言われても、毎回ついてきてもらうのは気が引けるマリーだ。

「何雨林さんは、お休み、もらってます？」

「もちろんです。ここのところは、趙小姐の休日の翌日に休みをとっています」

武人の雨林は、その無骨な顔に実直な笑みを浮かべて応える。

「まあ、そろそろ他の者を護衛につけてもよい頃合いではありますね。馴染みのある護衛が安心でしょうから、次回は洋行に随行した侍衛のなかから、誰か選びましょう」

和孝公主によれば、何雨林は永璘が一番信用している侍衛だ。その侍衛を護衛につけてくれるのだから、永璘は心からマリーを大事に思ってくれているのだろう。とはいえ、何雨林はひとりしかいないのだから、いつもいつも寄りかかってはいられない。

マリーは、何雨林に遠慮していた気持ちとは裏腹に、他の侍衛とうまくやれるかと不安になった。

広い王府で、マリーに気安く声をかけてくれるのは、永璘の秘書を務める官吏の鄭凛華《ていりんか》と太監の黄丹《こうたん》、同室の小菊《しょうぎく》たちと以前からいる点心局の面々だけだ。かといって、自分が王府の人間たちに溶け込む努力をしてきたかというと、そうではないことに気づかされる。

「侍衛たちは仕事柄、無愛想にしていますが、気のいい連中ですよ。趙小姐の護衛は、むしろ役得と思われているので、やっかまれているくらいです」

「役得って、雨林さんはお菓子を受け取ってくれないじゃないですか」

何雨林は、マリーが生まれて初めて出会った、甘い物を好まない人間だ。はじめは西洋の菓子を嫌っているのかと思っていたが、中華甜心も食べないので驚いてしまった。

雨林が砂糖を使った甜心で口にするのは、元宵といくつかの季節行事食くらいであるという。

「その役得では、ありません」

雨林は笑いを噛み殺して応えた。


ミサを終えて、ガトーをアミヨーに差し入れたマリーは、告解の部屋に案内される。

本来ならば、ふだんの生活で犯した罪を告白し、赦《ゆる》しを請《こ》う時間であるが、アミヨーの著書を読んでわからなかったことを質問する時間になっていた。

「かなり勉強が進んだね。教え甲斐《がい》のある生徒で嬉しいよ」

「読むのが遅くて、進んでいるという気はしないんですが。いつになったら読み終わって、本をお返しできるのかと焦ります」

これまでは、悩みはすべてアミヨーに打ち明けてきたマリーだが、和孝公主に忠告されて以来、王府がらみのことをしゃべりすぎたのではと不安になってきた。移住してきた不安や不満を、どこかで吐き出さなければ、精神の安定は保てなかったであろうが、不用心ではあったかもしれない。

しかし同時に、何十年も北京で生きてきたアミヨーや宣教師たちは、難しい問題が起きたときに、助言を求める相手として欠かせない存在でもある。

それに、マリーは永璘の言葉が気になっていた。

「いま、フランスはどうなっていますか。王さまと王妃さまは、ご無事でしょうか」

アミヨーは眉を上げげた。マリーが話題を変えたこと、これまで訊ねたことのない質問をしたことに、少し驚いた風だ。

「王室はテュイルリー宮殿に幽閉されていると聞く」

「フランスが元通りになる日は、来るのでしょうか」

アミヨーはかぶりを振った。

「国王が君主であることに変わりはないと思うが、元通りにはならないだろう。おそらくはイギリスのように、王権にかなりの制限がかかるのではないか、というのが大筋の見方だ。周囲の諸王国がどう出るか、にもよるであろうが」

ひと握りの自治都市や共和制の小国を除き、ヨーロッパのほとんどは国王や国公が主権を有し、国を統治する絶対君主制を維持する時代である。地続きでないイギリスは早い時期から直接統治をしない国王を戴《いただ》き、政治の運営は議院の手にあるという政治形態をとっているが、そういう意味ではイギリス王国は欧州の異端児であった。

政治形態のことを言われても、マリーにはよくわからない。ただ、このまま王室が幽閉され、国王の主権が蹂躙《じゅうりん》され続けるならば、王妃の生国オーストリアからの干渉は免《まぬが》れないだろう、というアミヨーの予見は理解できた。

「戦争になりますか」

大清帝国が、明王朝がその被支配層との相克《そうこく》によって崩壊したところへ攻め込み、征服した国家であるという大雑把な永璘の話を思い出し、フランスもそうなってしまうのではと不安を覚える。マリー・アントワネットとルイ十六世の結婚は、オーストリア大公国とフランス王国との同盟の証であったのだ。それがなくなってしまっては、神聖ローマ帝国領の覇権を狙うプロセイン王国と、オーストリア大公国との相克は激しくなり、ヨーロッパの地図は塗り替えられるかも知れない。

「実は――」

あまり長くは慶貝勒府《けいベイレふ》にいられないかもしれない、ということをマリーは打ち明けた。

「外国人を雇うことが、清国ではそんなに難しいことだったなんて、想像もできませんでした。慶貝勒と奥さまには、本当に良くしてもらっているので、感謝しかありませんけども。フランスがだめならイギリスかイタリアでやり直せる、という感覚でいた去年の私に、自分の常識では量《はか》れない国とか世界があるんだ！　って教えてやりたいです」

「私も、五十年前の自分にそう言ってやりたいものだな」

アミヨーは苦笑して同意した。

「だが、皇族の王府だからこそ、外国人を雇うことができたといえる。本来、西洋人は宮廷に仕えるという名目でしか清国に住むことはできない。キリスト教を禁じているために、臣民の間に布教しないよう、監視する必要があるからだ。宣教師は澳門《マカオ》や他の港町から北京まで、窓のない輴《かご》に閉じ込められて、途中の街や風景を見ることも、土地の人間と話すことも許されないのだよ。布教をしないイギリス人の商人だけが、北京までの出入りを許されてはいるが」

アミヨーはマリーから差し入れられたガトー・オ・ショコラに目をやる。

「すぐに追い出されるわけではないのだね。ではできるだけおとなしくして、修業を続けられるようにしなさい。私たちはマリーの洋菓子をとても楽しみにしているからね」

「はい。あの、それで、ひとつお訊ねしたいことがあるんですが」

「私に答えられることならば」

鷹揚《おうよう》にうなずくアミヨーに、マリーは誰にも訊けずにいた謎をぶつける。

「カスティリヨーネって画家、ご存知ですか。イタリア人の名前みたいですけど」

アミヨーの頬がピクリと痙攣《けいれん》したような気が、マリーにはした。アミヨーは少し間を置いて、静かに応える。

「ジョゼッペ・カスティリオーネ、あるいは郎世寧《ろうせいねい》、字を惹瑟《じゃくしつ》。聖ジョセフを祀《まつ》った天主東堂に属した助修士で、清国三代の皇帝に仕え、二十五年前に他界したミラノ生まれの画家だ」

マリーは清国人が誰も教えてはくれない画家の正体が、こんな身近で明らかになったことに驚く。本当は、みな知っていて、口に出せないでいるのだ。そんな昔の画家の絵を探しに、永璘《ラオイエ》はヨーロッパへ渡ったのか。

「あの、老爺が絵を描くことを禁じられた理由に、関係がありそうなんですが、その画家の絵を見ることはできますか」

アミヨーは首を横に振った。

「ほとんどは、皇帝の宮殿か、収蔵庫に納められている」

つまり一般庶民の目に触れることはない。

「じゃあ、見たいと思ったら、イタリアに行かないといけないんでしょうか」

「カスティリヨーネの絵がヨーロッパのどこかに残っているはずだが、いまとなってはどこに行けば見られるかはわからない。当時から天才的な画家であったからこそ、清の宮廷に画家として仕える伝道師を命じられたわけだからな。ボローニャで絵画を学び、頭角を現した画家であるから、ヨーロッパで探すとしたら、宗教画や肖像画になるだろうが、かれが清に渡ったのは二十七歳のときだ。点数もそれほどではないだろう。彼の残した、絵画に関する漢語の書籍を慶貝勒《けいベイレ》に紹介したことはある。おそらくいまでも貝勒の書斎にあるのではないかな」

欧州の画家は、教会や王侯貴族、ブルジョア階級に依頼されてから絵を描き、個々の依頼主に納品することで生計を立てている。ひとつの絵画に数ヶ月かけることもあり、かなり若い時期から名声を博した人気画家でもない限り、二十代で欧州に行き渡るような点数を残すことはなかった。

欧州へ渡った永璘が、なぜカスティリヨーネの出身地であるイタリアではなく、フランスへ向かったのかはわからない。しかし、特定の宮廷画家が残した絵を探すことが渡欧の隠された目的であるのならば、ミラノやボローニャに直行しなかった理由は察するマリーだ。

永璘に関することを、キリスト教の関係者に話していいものかとマリーは迷う。だが、アミヨーはマリーが知る以上に、永璘の過去を知っているようであるし、永璘はフランス国王夫妻の肖像画をアミヨーに贈るような仲である。

マリーは思いきって訊ねてみた。

「老爺《ラオイエ》は、カスティリヨーネの絵を探しに、ヨーロッパへ行ったんでしょうか」

「慶貝勒が、そうおっしゃったのかね」

アミヨーの深い皺《しわ》の奥の青い瞳が、深い湖のように影を増した。

「そうかな、って思っただけですけど」

マリーは嘘をつかないぎりぎりのところで、アミヨーの問いを肯定《こうてい》する。鈕祜祿《ニオフル》氏がマリーに話したことを、ここで言ってよいのかどうかわからなかったからだ

マリーは袖から丸めた紙を引っ張り出して、穎《えい》妃に献上した杏樹林と田舎家のピエス・モンテの絵をアミヨーに見せた。アミヨーは絵を少し離してじっくりと鑑賞し、感心してうなずく。

「とてもしっかりした透視図法を使った絵だね。清国の絵師には見られない技法だ。カスティリヨーネは西洋風の立体的な、奥行きのある絵画をこの国に広めようとしたが、受け入れられなかった。時の皇帝の好みに合うように、平面的な清国の絵画との折衷《せっちゅう》、あるいは融合させた、新たな様式を編み出さなければならなかったとされている。私も数点ほど目にしたことがあるが、画風に独特なものがあったな。しかし、この絵はもっと素朴《そぼく》で、素直な透視図法で描かれている」

「似ていませんか、その、カスティリヨーネという画家の絵と」

鈕祜祿《ニオフル》氏がマリーに投げかけた疑問を、マリーはアミヨーに訊ねる。その答えにどんな意味があるのか、わからないまま。

アミヨーは顔を上げて、マリーの顔をじっと見つめた。どうしてそんな質問をするのか、マリーが何を知っているのか、測《はか》ろうかというように。

「私が見る限り、似ていない。カスティリヨーネがこの国で描き上げたどの絵とも似ていない。もしかしたら、かれが欧州にいた若いころ、修業時代に描いた絵に、似ているかもしれないが、比較できる絵が手に入る範囲に現存しないのだ。誰にわかろう」

アミヨーはすっと立ち上がり、マリーに待っているように言って告解室から出て行った。戻ってくると、告解室の外から声をかけ、出てくるように言う。告解室の小窓からは渡せないような、立派な装幀《そうてい》の書籍を手にしていた。

「これは、カスティリヨーネがこの国に残した絵画法に関する書籍だ。かれの経歴や思想、あるいは画法について、マリーが知りたいことが書かれているかどうかはわからんが、目を通してみるといい。漢語で書かれた専門書で難しいかもしれないが、ピエス・モンテを作るために、パティシエールも多少は絵心が必要だ。設計技法を学んだほうがいい。ただ、人目につくところに置いておかないように」

マリーは漢字で『視学』と書かれた書籍を手に、戸惑いを隠せない。清国の人間には禁じられた情報を手にしている緊張に手が震えた。

王府に帰って、杏花庵に駆け込み、さっそく読もうと本を開いた。しかし、誰かの目につくことを考えて思い直す。布の端切れで覆《おお》いを作り、表紙が見えないように本にかける。そしてパラパラと開いてみたが、この書籍もまた、アミヨーの著作と同じくらい専門的で難解であった。

しかも漢語だ。フランス語で書いてくれたらいいのに、と内心で不平を言いながら、辞書をひきつつ少しずつ読んでみる。だが中身は期待に外れて、カスティリヨーネの著作ではなく、イタリアから持ち込んだ遠近画法の教本を、漢語に翻訳したものであった。翻訳者は年希堯《ねんきぎょう》という名が記されている。カスティリヨーネは監修しただけのようだ。マリーの知りたい画家本人についてわかることは、この本を隅々まで読んでも見つからないように思われた。

だが、ところどころに現れる、遠近法にこだわった西洋画を模した線描画が、故郷の聖堂壁画や天井画を思い出させる。文章を読むよりも、うっとりと絵を眺めている時間の方がずっと長いマリーだ。

そのとき閃《ひらめ》いたことが、永璘が西洋風の絵を描くことを許されないのならば、マリーが描いたことにすればいいのではないか、ということであった。マリーはフランス人で、お菓子のレシピをまとめるときに絵も添えておきたい。ピエス・モンテには、本職の画家や建築士なみのデッサン力が必要とされるともいう。

永璘が、画家としての名を歴史に刻むことはできなくても、絵は残る。そして長い時間のその先に、清国の民がその才能に触れる日がくるかもしれない。雅号に暗号のように永璘の存在をほのめかすことは、かまわないのではないか。

マリーはパタンと『視学』を閉じると、立ち上がってお茶を淹れた。休日でも職場に来てひとりの時間を楽しめるのは、本当に特別扱いであるし、マリーの特権である。

だが、急いで洗濯して沐浴《もくよく》をしないと、明日からの仕事に差し支えがあるので、読書は終わりにしなくてはならない。

とりあえず、永璘の秘密に繋がる人物の糸がたぐれただけでも、気の晴れるマリーであった。

菓子職人見習いのマリーと、点心局

「本当に砂が降ってくるんだ」

マリーは黄色い空を見上げてつぶやいた。霧のように空気中に舞う砂に、マリーは驚きを込めて手を泳がせる。小蓮《しょうれん》は洗い物をゆすぎながら、「今年は特にひどい気がする」とぼやく。掃除が大変なので、小菊《しょうぎく》たちも似たような不平を漏らしていた。

マリーが厨房から追い出されて、早くも三月《みつき》めに入っていた。ときにお部屋さまと冷やかされても言い返せないような、専用の厨房を独占できる楽な暮らしに甘んじている。父の残したレシピは、材料が手に入らない菓子以外は二巡はした。新しい冊子に、自分なりの気づきや発見を書き留め、自分のレシピ本もまもなくできあがる。

また、これまで学んできた中華甜心も、仏華両方の文字で記したレシピ本の頁《ページ》が増えてきた。アミヨーの著作も半分以上読み終え、清国人の伝統や暮らしについても理解が深まっている。

徒弟として厨房できりきりと働いていては、まとめておくことのできなかった知的財産を蓄《たくわ》える時間ができたことは、ある意味ではよい機会だったのかもしれない。厨房を追放されたことが、こんな居心地のいい空間と充実した時間を得るための布石であったのなら、王《おう》厨師にも感謝しなくてはなるまい。

『良いことは悪いことの兆《きざ》しで、悪いことは良いことの前触れ』

永璘に教えられた『塞翁《さいおう》が馬』という言葉を思い出す。ではこの実り多い孤独な時間も、やがては別の試練の布石なのだろう。いまのうちに、難しい試練を乗り越えられるだけの力をつけておかなくてはと、マリーは思う。

マリーはその日、和孝《わこう》公主がイギリス商人から手に入れたアーモンドを茹でて皮を剝き、細かく砕いて粉に挽《ひ》いた。マカロンを作るためだ。毒菓子の汚名を着せられたアーモンドの菓子を、永璘以外の誰が食べてくれるかは不安であったが、歯が悪く食の細くなった穎《えい》妃には、美容に定評のあるアーモンドを豊富に使ったマカロンは、間食にちょうどいいと

思うのだ。クリームが胃にもたれるということだから、間に挟むものに困るが、穎妃《えい》の好
みに合うゼリーやジャムでも良いかもしれない。
砂糖もアーモンド粉も、小麦粉のように、あるいは黄砂のように細かく擂《す》り潰し、篩《ふるい》に
かけて泡立てた卵白と混ぜ合わせる。一口大の円形に焼き上げた真っ白なマカロンに、マ
リーは単純に甘く味付けたクリームと、残り少ないカカオ粉を混ぜたクリームを挟んだ。
二種類のマカロンを鉢に盛り付け、覆いをかけて点心局へ持って行く。いつもは李二《りに》か
李三《りさん》にことづけるのだが、この日は自ら運ぶことにした。
なにしろ毒のある杏仁《きょうにん》と香りが同じだと、マリーが厨房を逐《お》われた原因となった、曰《いわ》く
付きのアーモンド菓子である。王厨師には是非とも食べて欲しかった。
点心局の休憩時間でもあり、高《こう》厨師はマリーの顔を見て笑みを浮かべ、それから申し訳
なさそうに口元をひくつかせて、「おお、瑪麗《マリー》、よく来た」とふたたび破顔して迎えてく
れた。燕児《えんじ》や李兄弟も、王厨師の顔色を窺いつつ「よう」と屈託《くったく》のない声をかけてくれる。
「和孝公主さまから都合していただいた巴旦杏《アーモンド》で、マカロンというお菓子を作ってきまし
た。公主さまは、巴旦杏を食べるようになってから、寝付きが良くなってお肌の艶《つや》が良く
なったとお喜びです。清国では美容と健康のために胡桃《くるみ》がよく食べられていますが、巴旦
杏は良い香りがするのと、胡桃ほど油っぽくないので、日々の甜心《てんしん》に使うにはよい食材だ
とおっしゃってました」
鉢にまるく盛り付けられたコロコロと円《まる》いお菓子の山を、燕児たちが興味深げにのぞき

こむ。

　毒のある杏仁と、形も匂いもそっくりな巴旦杏の種を使った菓子に、高厨師の面には警戒心と料理人としての好奇心がせめぎ合っている。

「おれ、一番乗りしていいですか」

　好奇心が十割の李三が、名乗りを上げる。マリーは高厨師に目礼して、李三へと鉢を差し出した。李三はぱくりと口に入れて、ひと口でもくもくと食べてしまった。

「もう一個、食べていい？」

　感想もなにも言わずに、手を伸ばしてくる。

「二種類あるから、こっちのショコラ入りのをどうぞ」

「このショコラって、夜に元気になるってやつだろ？　公主さまの駙馬《ふば》に差し上げたって焼餅《シャオビン》」

　マリーが苦笑するのと同時に、燕児が李三の頭を平手で叩く。

「不敬なこと言うんじゃない」

　その手を鉢に伸ばして、燕児は二種類のマカロンを摘み上げ、試食した。

「薄い皮がさくっとしてるのに、中は柔らかくて歯がどんどん沈んでいくな。卵白だけの焼餅よりも、弾力がある」

「メレンゲは、混ぜるものによって弾力や食感が変わってくるから面白いの――です。工芸菓子に使ったヌガーは、卵白に飴を混ぜたものでした」

マリーは、つい前のように気安い口調になってしまう自分を抑えるのが大変だ。

ひとつめのマカロンを食べ終えた李二が、相槌を入れた。

「あれ、面白かったたな。水飴と飴の間ぐらいの、固いんだか柔らかいんだか、わからないやつ」

もくもくとマカロンをひとつずつ食べた高厨師は、不確かな目つきで鉢のマカロンを見て、「いいんじゃないか」と言った。

「老爺《ラオイエ》のお気に入りなんだろう？　俺には甘さがしつこい気がするが、若い者には気にならんのだろう。王厨師、おまえさんも食ってみろ」

上司に命じられた王厨師は、おおいに不服そうな顔をしたが、逆《さか》らうこともできずにマカロンを手に取って口に運んだ。いかにも嫌そうな顔と手つきで食べられて、マリーは悲しい気持ちになったが顔には出さない。

「杏仁臭さはないな」

王厨師はそれだけの感想を言う。

「じゃあ、今日の甜心に老爺にお出ししていいですか」

マリーが勢い込んで訊ねると、高厨師はうなずいた。

「ずいぶんと長いあいだ、お待ちかねだったたから、きっとお喜びだ」

高厨師に認められるのが、何より嬉しいマリーだ。思わず目頭が熱くなって、袖でまぶたを押さえる。

「本当に、これだけのために、老爺は私をフランスから清国まで連れてきたんじゃないか、って思えるときがあったくらい、いつもマカロン、マカロンっておっしゃっていましたから。これでやっと、革命で行き場のなくなった私を受け入れてくださったご恩を、お返しすることができます」

「大げさなことを」

高厨師は苦笑した。

「瑪麗《マリー》がむしろ、老爺の命の恩人なんだろう？　そういうことをおおっぴらに言えないせいで、厨房で庇《かば》ってやれなくて申し訳ないが。おい、李三、瑪麗に茶を淹れてやれ。久しぶりにみんなで休憩しよう」

敢《あ》えてそうしているのか、王厨師の態度や表情にまったく注意を払うことなく、高厨師はマリーに円い榻《とう》を勧めた。

高厨師の言う通り、本当に久しぶりに皆で点心を囲んで、お茶を飲む。

マリーはしみじみと、ここに帰ってきたいと思った。

熱意や才能を認めてもらおうと、自分の考えで手を尽くしても、かえって反感を買い、空回りばかりしていたことに、いまになって気がつく。今日の王厨師はマリーの方を見ようともしないが、あからさまに嫌悪感を出したりしないし、高厨師に話しかけられたマリーが嬉しくて少ししゃべりすぎてしまっても、舌打ちをしたり、つっかかってくることはしない。なにより、彼自身が毒があると主張して、騒動を起こしたアーモンドを使ったマカロンを食べてくれたことは、大きな前進だ。

王厨師のマリーに対する否定的な態度は、料理コンクールでその鼻柱をへし折るようなやり方では変えられなかった。ますます偏見を刺激し、意固地にさせただけであった。

王府の主に贔屓《ひいき》されていることに甘えて、厨房のやり方を無視し、秩序を乱すようなことをしていたのではないか。

ときに、時間が過ぎることでしか解決できない問題はあるのだ。焼き上げてすぐに食べられる菓子もあれば、何ヶ月も材料を寝かせておかなければ、風味を抽出《ちゅうしゅつ》できない果実酒や香料もある。

「なあ、瑪麗《マリー》。紫禁城に行ったんだって？　どんなところだった？」

ずっとそわそわしていた李三が、会話が途切れた隙にマリーに訊ねる。皆の顔色が変わった気がするのは、もしかしたら、誰もがずっと聞きたかったことだからか。王厨師までが、マリーの顔を見ている。

「どんなとこって、宮殿がいっぱいありました。この王府が何倍も大きくなって、宮殿の数が増えた感じで、赤い壁に赤い柱、緑の透かし彫りや、艶々した黄色の瓦屋根。大理石の影壁と、胡同《フートン》みたいな細い道が、宮殿と宮殿の間に挟まっているの」

「この王府とあんまり変わらないんだ」

李三は少しがっかりした口調で言った。李二が口を挟む。

「王府がいっぱい集まった感じかな」

「そう、そんな感じでした。すごく大きな宮殿と、見上げるような楼門にひたすら感心していたら、老爺《ラオイエ》が『外朝の太和門《たいわもん》から見る太和殿はもっとすごい』と仰せになったのですが、午後も遅くなってしまったので、見て回る時間はありませんでした」

燕児のいまにも噴き出しそうな、笑いをこらえた表情に目を留めたマリーは、怪訝な顔を向ける。

「なんですか、私の顔に、何かついてます？」

「いや、ずいぶんとしおらしいしゃべり方になったなと思って」

燕児がにやにやして答える。

「ええ、よってたかって作法を叩き込まれましたから。なにせ紫禁城では、膝を折る角度を間違えても命取りだと、何度も練習させられたんですよ。お妃さま方のご下問ひとつ答えるのも、首が飛ぶんじゃないかってヒヤヒヤしてました」

高厨師が「ワハハ」と声を上げて笑った。高厨師がそんな風に開けっぴろげに笑うところを、見たことがないので、誰もが驚いてそちらへふり向く。

「いや、瑪麗がびくびくしながら、お妃さま方のお相手をしているところを想像しちまっただけだ。で、献上した工芸菓子について、お言葉はあったか」

「はい。穎《えい》妃さまは食べられる量がとても少なくおなりなので、目で楽しめる菓子はよい趣向だと褒めていただきました。たまたま、噛む必要のない口の中で溶ける菓子ばかりだったので、それもお喜びでした」

高厨師は赤みがかった額を、ぽっちりした指でペチリと叩く。

「そうか、老爺《ラオイエ》の御養母様は、還暦におなりだったな。あまりしつこいものや固いものは無理なご年齢だ。老爺がお若いから、御養母様も四十代か五十代くらいかという気がしていた。春節明けに還暦祝いの料理を老爺に申しつけられてたんだが、危うくそのことを忘れるところだった」

「そうなんですか」

マリーは自分の献上した工芸菓子が、知らない間に永璘から穎妃への誕生日の贈り物になっていたことには触れなかった。

「来月頭には、後院の膳房が落成するから、御養母さまを招待したいと仰せになってな。皇上の妃様が後宮からお出になるということは、滅多にないことだ。皇上の許可を取ったり、前例に従った随伴の数をそろえたり、日取りを占ったり、まあいろいろ大変だ」

「後宮から独立された皇子さまの王府を、母妃さまがご訪問されることは、ふつうにあるんですか」

せっかく久しぶりに点心局でお茶が飲めるのに、王厨師を差し置いて会話に励むのは控えたかったが、後宮のしきたりを知る機会は、逃せるものではない。

「ふつうにはないが、ないことはない。そこは親子の情ってもんがあるんだろ。皇上御自ら、お気に入りの皇子の王府に来駕《らいが》なさることだってたまにある」

ふと頭に浮かんだ疑問が、マリーの口から滑り出る。

「こちらの王府に、皇上がお越しになったことは、ありますか」

高厨師は黙って天井を見上げ、腕を組んで小さく答えた。

「ない、な」

訊かなければよかったと、マリーは深く後悔した。ずっと感じていた違和感。和孝公主や嘉親王永琰《かしんのうえいえん》に比べて、皇帝の永璘に対する扱いが、そこはかとなくぞんざいな気がするのは、気のせいではない。永璘の願いを聞き入れ、欧州遊行に莫大な費用を出すのだから、嫌われているとまではいかなくても、お気に入りでないことは確かだ。

末子に対する皇帝の素っ気なさは、永璘の絵の才能に関係があるのだろうか。

杏樹林と田舎家のピエス・モンテ画は、マリーのレシピ本に綴《と》じてある。誰が描いたかという署名はなく、フランス語と漢語が書き込まれた本に遠近法を採用した絵が貼られていても、誰も不思議には思わないだろう。

カスティリヨーネという画家の絵を、見ることはできないだろうか。アミヨー神父は、カスティリヨーネの絵はすべて、紫禁城か円明園《えんめいえん》の皇帝の私室や収蔵庫に納められているため、庶人が見ることは不可能であるといった。

カスティリヨーネについて、もっとも有名な逸話《いつわ》も、アミヨーは話してくれた。かつて、南堂が地震で倒壊したとき、カスティリヨーネは再建された南堂に壁画の代わりに画軸をおさめた。その絵を見た清国の人々は、西洋《せいひつ》の遠近法と陰影をふんだんに使った奥行きのある画軸をほんものの風景だと思い込み、静謐な庭園へまよい込みそうになり、壁にぶつかる者が後を絶たなかったという。

評判を聞いて、その絵を見に南堂を訪れた三人の皇子——みなすでに鬼籍に入っている——のひとりまでが壁に頭をぶつけたため、その一対の巨大な掛け軸は、皇帝の命令によって円明園の離宮に飾られることとなり、南堂から持ち出されたままだという。

『円明園の紫霞楼《しかろう》に飾られたという。いまもまだ、そこにあるかどうかは知らないが』

そしてまた、円明園には、カスティリヨーネが設計したという建築物や噴水、彫刻などもあるとアミヨーは言った。円明園は、紫禁城ほどには決まりごとが厳格ではない。入る手立てがあれば、もしかしたらカスティリヨーネの遺作を目にすることはできるかもしれないとも。

もっとも、マリーがその画家の絵を見たからといって、永璘の才能が皇帝に認められるわけもなく、マリーがずっと清国にいて華洋折衷のパティシエールとして生きていける保証もないのだが。

ただ、数日前まで絶えずマリーの頭の中にちらついていた、いますぐにでもフランスへ帰りたいという思いは、どういうわけかすっかりと消え失せていた。

マリーの信仰は、神の御手とその恩寵を疑わないことではなかったか。

いま菓子職人への修業の道が閉ざされているからといって、この先の希望がまるでないというわけではない。

永璘や和孝公主はさまざまな手を尽くしてくれている。高厨師も燕児たちも、マリーが厨房に戻ってくるのを待ってくれている。

いまは神と永璘を信じて、待つ時期なのだと思えるようになった。焦る気持ちはすっかり消えてなくなり、とても穏やかな気分だ。

❀

菓子職人見習いのマリーと、画家の足跡《そくせき》

規則正しく平穏な日々がさらに続き、菓子作りだけでなくアミヨーの著作もどうにか読み終えたマリーは、清国の慣習に多少の知識を具《そな》えてきた。季節行事や社会構造的なものは、長く住んで体験したり、その日で見たりしなくてはわからないものではあるが、知識として知っていれば、その場に遭遇したときに戸惑わずにすむだろう。和孝公主や鈕祜祿《ニオフル》氏との作法レッスンも、そうした予備知識があるだけで、呑み込みの速さがずいぶんと違ってくる。

マリーは借りた本と辞書を返すために、次の主日にとっておきのマカロンの詰め合わせも持って、北堂へと向かった。

「もう読み終わったのか。読み返す必要はないのかね」

穏やかな笑顔で問われると、マリーは正直なところを答える。

「一度しか読み通してないので、ちゃんと理解したかわからないのですけど、大事かなと思うところは書き写しておきましたし、大事なご本をいつまでも借りっぱなしでは、なんだか落ち着かなくて」

「そのような気を遣う必要はない。また読みたいと思ったら借りに来なさい。いつでも貸してあげよう」

気前の良い申し出に、マリーは礼を言った。何度でも読み返したいが、紙の中に書かれていることよりも、実際に見聞きして、体験してみないと身につかないことはある。マリーは体を動かして技術を伸ばしていく人間であったので、ただでさえ難解な本を何度も繰り返し読んで学ぶことは、大変な苦行であった。

たぶん、もう一年清国で暮らしてから読み返せば、もっといろいろなことが腑に落ちてくることだろう。

その日の護衛は何雨林《かうりん》であったので、マリーは少しわがままを言っても大丈夫だろうかと考え、遠回りして帰りたいと頼んでみる。

「皇城を東回りで帰るんですか。けっこうな距離ですよ。轎《かご》を呼びましょう」

「歩けますよ、そのくらい。北京には、北堂と南堂の他に、もうひとつ教堂があるって聞いて、行ってみたくて」

雨林は細く切れ上がった目を瞠って、マリーを見おろした。

「教堂の梯子《はしご》ですか。そうすると御利益があるのですか。耶蘇《やそ》教はひとつの神だけを崇《あが》めているんですよね。だったら近所の教堂で祈れば充分じゃないですか」

堅物と思っていた何雨林の口から、思いのほか斬新な考えを聞いて、マリーは思わず笑いそうになる。しかし考えてみれば、堅物だからこそ、近場で片づく用事に要らない手間を省《はぶ》くことを思いつくのかもしれない。

「神様は唯一ですけどね、信仰を貫いた人間を聖人として祀ることもあるのです。東堂には、地上の親として神の子を育てた聖ジョセフを祀っているというので、是非とも拝礼してみたいんです。何《か》さんが、このあと用事があって急いで帰りたいというのでしたら、またにしますが」

雨林は夏の官帽の傘に指を当てて、空を見上げた。毛皮や織物でできたひさしが、上に折れ上がった冬の官帽と違い、植物の素材を編んだ傘形を、赤い羅《ら》で覆った夏の冷帽は円錐形をしている。頭頂に玉の飾りがついているのは冬の暖帽と同じだ。

すでに初夏の気配を感じさせる空は、黄砂の色も薄くなり青い空から降りそそぐ日射しも強さを増している。

「この天気で傘も被らず東堂まで歩いたら、趙小姐《ちようシヤオジエ》は目眩《めまい》を起こしますよ」

「大丈夫ですよ。暑くなったら休み休みいきましょう。そういえば私、北京の街は慶貝勒《けいベイレ》府《ふ》の周りと皇城の西側しか知らないんです。途中でお腹が空いたら、私がおごりますから、お願いします」

何雨林は困惑の表情を浮かべたが、「疲れたら言ってください。轎を手配しますから」

と念を押した。

東堂と通称される聖ジョセフ教堂はバロック調の厳《おごそ》かな石造建築で、南堂のときにも感じたように、そこだけヨーロッパが移植されたような壮観さだ。門の様式は南堂よりも洋風を保っている。

マリーが東堂まで足を延ばそうと考えついたのは、カスティリヨーネが所属し、その装飾を担当したという東堂に行けば、壁画か油絵のひとつでも残っているかもしれないと、アミヨーが教えてくれたからだ。南堂が幾度も火災や地震で建て直されたように、東堂もカスティリヨーネが世を去ってから改修を重ねている。さらに、イエズス会の解散後は、教会の懐具合も苦しく、美術品などの所蔵がどうなっているかは、アミヨーの知るところではない。

アミヨーが最初に東堂に行くことを示唆《しさ》しなかったのは、おそらくそうした理由からだろう。北京に取り残された会士らの窮状《きゆうじよう》を、知られたくなかったのかもしれない。

昼近くの教堂は、ミサも終わり静かな日射しを浴びている。

マリーは半刻後に迎えに来るよう何雨林に頼み、教堂に出入りすることを許された滞留外国人であることを証明する銅牌《どうはい》を門番に見せて、教堂に入った。

東堂は北堂に比べると寂れた印象を与える。それはおそらく在住する宣教師の数の少なさと、年齢の高さによるものだろう。マリーはヴェールを被って礼拝堂に足を踏み入れたが、堂内は無人だった。知り合いもいないのに、勝手に礼拝堂より奥に行くこともできず、マリーはとりあえず最前列の椅子に腰を下ろしてロザリオを取り出し、祈りを捧げる。

聖句を唱えたあと、礼拝堂を見回し天井を見上げたが、壁画も天井画もなかった。待っていても誰も出てこないので、マリーは信徒に許されている範囲を歩いてみようと思い、立ち上がる。

その時、祭壇奥の入り口が開き、中から初老の神父が入ってきた。マリーの姿を見て驚く。

マリーも驚いた。南堂のポルトガル人神父のひとりだったからだ。

「ロドリーグ神父さま」

六十代も後半の老神父は、ポルトガル訛《なま》りだが流暢《りゅうちょう》なフランス語で、にこやかにマリーに話しかける。

「マリーではないか。今日はこちらの主日に参列することにしたのかね。もう終わってしまったが、慶貝勒府《けいベイレふ》からは遠かったろう」

「あ、はい」

マリーは戸惑いながら、丁寧に挨拶をしたのち、東堂へ来た目的を正直に話す。

「ミサは、北堂で参列してきたところです。実は、ここに来ればカスティリヨーネという画家の神父さまの絵を見ることができるかもしれないと、アミヨー神父さまから伺ったので」

ロドリーグ神父の落ちくぼんだ目に真剣な光が宿り、すぐに消えて淡い茶色の柔和な瞳に戻る。

「数点残っているが、いまはすべて保管庫に置いてあるのだよ。応接室で待っていなさい。持ってきてあげよう」

マリーの頼みに対して、何の質問も詮索もせず、ロドリーグ神父は応接室への方向を示して、教堂の奥へと消えた。

マリーが南堂に通っていたのは、貝勒府《ベイレふ》から一番近かったことと、同じフランス人のアミヨーがいたからで、ロドリーグ神父とは挨拶と天気の話くらいしかしたことがなかった。そういえば、東堂はもともと南堂に付属する教会であると、以前誰かに聞いたような気がする。もしかしたら、北京じゅうの宣教師が出身国に関わりなく、持ち回りで三つの教会の祭事や管理をしているのかもしれない。

しばらくしてロドリーグは数点の軸画を持ってきて、壁に掛けて並べた。また、大きな紙ばさみから、デッサン画を数枚出して卓の上に並べてくれた。

馬や犬、花や樹木、そして人物の肖像を写実的に描いたものだ。東洋画に知識も造詣《ぞうけい》も持ち合わせないマリーであったが、これまで見かけた平面的な東洋画とも、見慣れた西洋の油絵ともまったく異なる手法で描かれていることはわかる。

「ここに残すことができたのは、小品や習作ばかりでね。どう思うかね、マリー」

「なんだか、不思議な気がします。もっと西洋画な感じを想像していたので」

「カスティリヨーネ助修士が、洋華折衷の技法を編み出す以前の絵は、残っていない。どうして、かれの絵を見たいと、思ったのかね」

「あの、清国の宮廷画師として活躍された、とても有名な西洋人の画家だと聞いたので。その、どんな絵を描かれたのかと、興味が湧いたんです。私はパティシエールですから、レシピを残すのに絵のデッサンくらいはできた方がいいと、痛感したものですから。最近はピエス・モンテも始めたこともあって。そしたら、アミヨー神父さまが『視学』という本を貸してくださいました」

「ほう」とロドリーグ神父は感心してうなずき、そして少し残念そうに「慶貝勒殿下に言われてきたのでは、ないのか」とつぶやく。

「いえ、違います」

ロドリーグ神父は失意の嘆息を隠さなかったものの、あらためてマリーに腰かけるようにと椅子を勧めた。

「殿下が西洋人を連れ帰ったと聞いたとき、いつかその人物がカスティリヨーネ助修士の絵を見にくるだろうと思って、ずっと待っていた。マリーが南堂に姿を現したときは、いつカスティリヨーネ助修士について訊かれるかと期待していた。しかし、マリーがアミヨー会士と親しくなってからも何の話もなかったので、私の考えすぎかと思うようになっていた。というのは、カスティリヨーネ助修士の若い頃の油絵を見たければ、欧州に行くしかないと殿下に申し上げたのは、私だったからだ。ポルトガルには、かれが西洋の手法で描いた宗教画や、ポルトガル王家の王女の肖像画があるとね」

マリーが質問を始める前から、ロドリーグは堰《せき》を切ったように永璘とカスティリヨーネ、そして東堂との関係について語り始めた。

いきなり核心を引き当ててしまったマリーは、なんといって話を継いでいいのかわからなくなった。当事者である永璘自身が話そうとしないことを、貝勒府の外で外国人の自分たちが話題にしていいものなのかと戸惑う。

「慶貝勒《けいベイレ》殿下は、リスボアに上陸して、ポルトガル女王と会見なさったと聞いた。殿下はカスティリヨーネの絵を見たのだろうか」

切実な光を瞳に湛えたロドリーグ神父は、マリーの目を見つめて問う。

「あの、その話は殿下から聞いてません。パリでお会いしたときは、特に誰の絵とはいわず、画廊や宮殿の絵を見て歩くのを楽しんでおられました。絵がお好きな方なのだということは、わかりましたけど」

ロドリーグ神父の言うことが本当で、カスティリヨーネの絵を探すことが欧州へ行った永璘の本当の目的だったとすると、ポルトガルに上陸したときにはすでに旅の目的を果たしていたことになる。アミヨーの話を聞いたときに抱いた、なぜカスティリヨーネの出身地ミラノや、絵を修業したというボローニャに行かなかったのか、という疑問は、画家としての仕事を残した場所がポルトガルだったと知ることで解決した。

しかし、永璘がそのあとパリまで足を延ばした理由がわからない。

——リンロンのことだから、単に観光したかっただけかもしれない。絵がお好きで、せっかく半年も船に乗って欧州まで来たんだもの。芸術の都パリに寄らないで、ポルトガルから回れ右で清国に帰るなんて手はないよね。

とマリーはひとりで納得した。

とにかく、鈕祜祿《ニオフル》氏が心配していたようなこと――カスティリヨーネと永璘の絵が似ている――ということはなさそうだ。永璘の絵は写実的で奥行きがあり、たしかに西洋風ではあるが、カスティリヨーネの手法と画風は趣きも異なる。永璘も、ポルトガルでカスティリヨーネの若い頃の絵を目にして、そう思ったのだろう。だからひと言も触れなかったのだ。

よくわからないなりに、マリーはひと安心した。すると、心の隅に置き去りにしていた疑問が思い出される。

「でも、そのカスティリヨーネさんの絵を、どうして殿下はお気になさったのでしょう？　わざわざ洋行までなさるほどに」

ロドリーグ神父は少し困った顔になって、苦笑した。

「それは我々も知りたいところだ。マリーが知っているのではと、期待していたのだが」

「私は、何も聞いてないし、知らないのです」

マリーはがっかりして、カスティリヨーネの遺作を眺める。

「我々が知っていることも、あまりない。何年か前、十年くらい前のことだったかな。貝勒殿下はまだ少年の若さでおられた。ある日、南堂にやってきて、『カスティリヨーネの絵があれば見せるように』と仰せになった。紫禁城や円明園には、カスティリヨーネ助修士の絵がたくさん飾られているはずなのに、わざわざ教堂までお越しになる理由がわからなかったが、とにかく東堂にご案内して、これらの絵をお見せした」

マリーはまだ少年の永璘が、ここに並んだ絵を見て何を感じたのだろうと想像する。絵を描くことを禁じられた理由を、この絵に見つけられたのだろうか。

「当時はもっと数があったが、どれも殿下のお気には召さなかった。そして、『カスティリヨーネが若い時の、清国に来たばかりのときか、それ以前の絵を見たい』と仰せになった。カスティリヨーネ助修士が清国に来たのは、一七一五年のことだ。そんな昔の作品は残念ながらひとつも残っていないとお答えし、カスティリヨーネ助修士の若い頃の絵は、ポルトガルにあると申し上げた。貝勒《ベイレ》殿下が、南堂と東堂に足を踏み入れたのは、それが最初で最後だった。去年になって、殿下が本当に欧州へ行かれたという噂を聞いて、殿下の目的やお考えがずっと気になっていたのだが、いつかマリーから聞けるのではと期待し、今日そのときが訪れたと喜んでしまった」

「すみません」

失望を隠さないロドリーグ神父に、マリーはぬか喜びさせたことを謝る。南堂では、アミヨー神父とばかり仲良くしていたので、他の宣教師はマリーに声をかけにくかったのだろう。

カスティリヨーネの絵を見たければポルトガルに行くよう永璘に助言したことをはじめ

にロドリーグ神父が話したとき、それは洋行直前のことだとマリーは勝手に解釈していた。しかし、永璘がカスティリヨーネの絵を探し始めたのは十年も前のことだった。そんな昔のことを永璘はずっと覚えていて、実行に移したのだ。

「ああ、そういえばもうひとつ、奇妙なことがあったな」

ロドリーグ神父は、横皺《よこじわ》の刻まれた額を撫で上げて付け加えた。

「殿下は『カスティリヨーネは東堂所属の会士であったと聞いた。住んでいた部屋を見たい』と仰せになった。しかしカスティリヨーネ助修士がここに住んだことはほとんどなく、いつでも皇帝の呼び出しに応じられるよう、皇城内や円明園の近くに自宅を構えていた。かれは耶蘇会の宣教師というよりも、清国の宮廷画師だった。聖職者としては一生、助修士のままで終わったが、清国に仕えた西洋人としては、最高の三品侍郎《じろう》まで進んだ」

ロドリーグ神父の声音に、計り知ることのできない、複雑な感情をマリーは嗅ぎ取った。

永璘には優れた絵の才能があるにもかかわらず、絵を描くことを父親に禁じられていることを、ロドリーグ神父が知っているのか、訊いてみたかった。アミヨーが知っているのだから、知らないはずがない。だがこれまでの口調では、何も知らないようでもある。不必要に永璘について語ることを怖れて、マリーはそろそろ暇乞《いとまご》いを考える。

「殿下はきっと、紫禁城でカスティリヨーネの絵をご覧になって、西洋画に興味をお持ちになったのでしょうね。パリでも絵画の鑑賞を、とても楽しんでおられましたから」

マリーは一切の秘密を漏らさず、しかし秘密を匂わせるほどでもなく適度に話を広げて、東堂を辞することにした。

外に出ると、雨林がすでに迎えにきて、門の外で待っていた。春とはいえ日射しは強く、マリーは待たせたことを謝った。

「いえ、構いません。轎《かご》を用意しました。お乗りください」

マリーはふたりの轎夫《きょうふ》が担ぐ箱椅子の轎を示す。

「私、まだ歩けますよ」

「お乗りください。趙小姐《ちょうシヤオジエ》」

雨林は有無を言わさぬ口調で繰り返した。いつもと違う空気を感じ取ったマリーは、素直に轎に乗り込む。どのみちひとりでじっくり考えたかった。轎の乗り心地はあまり良くないが、この日に知り得たことを反芻《はんすう》するにはよい機会だろう。

アミヨーは永璘の絵に関する秘密を知っているのに、カスティリヨーネの絵を見たければ欧州へ行けと言ったロドリーグは何も知らない。ここにも奇妙なねじれがある。

マリーは、アミヨーとロドリーグに聞いたカスティリヨーネに関する情報を、頭の中で整理する。

ジョゼッペ・カスティリオーネ、漢名を郎世寧《ろうせいねい》、字を若瑟《じゃくしつ》。ミラノ出身でボローニャ派の画家。二十七歳で清に渡り、以後の半世紀を清国の宮廷画師として三帝に仕えた。

カスティリヨーネが清に渡った一七一五年から、七十六年が過ぎている。まだ十六年と数ヶ月しか生きていないマリーは気が遠くなりそうだ。

逝去《せいきょ》したのは二十五年前。

「あれ、じゃあ、リンロンが生まれた年に、亡くなったってことかしら」

マリーの口からひとり言が漏れる。名状しがたいもやもやした何かに遮《さえぎ》られて、マリーはそれ以上の思考が難しくなってきた。幌《ほろ》に視界を遮られた轎は空気もよくない。少し蒸し暑いし、規則正しい揺れにマリーは頭がぼんやりとしてしまう。

ガクン、と轎が下ろされたはずみに、マリーははっと我に返った。うつらうつらとしていたらしい。

何雨林に手を借りて、轎から降りる。違和感を覚えたマリーは、あたりを見回した。見上げる通用門も、いつもマリーが出入りする門ではない。

「あの、ここ」

マリーは不安げな顔で雨林を見上げた。

「西門です。老爺《ラオイエ》が杏花庵でお待ちです」

厨房や使用人長屋に近い東の通用門ではなく、西園に接した通用門であった。

なぜ休日に呼び出されるのか。なんとなく怯えながら、マリーは杏花庵に向かった。雨林は侍衛の詰め所へ戻らず、マリーのうしろからついてくる。東堂に迎えに来たときの雨林も少し怖かったが、ひと言も説明せず杏花庵へ連行されているような気配に、マリーはますます不安になった。

杏花庵の前でうろうろしていた黄丹《こうたん》が、マリーと何雨林がやってくるのを見て、あたふたと中に入った。そしてすぐにまた出てくる。

「おかえりなさいませ。老爺《ラオイエ》がお待ちかねです」

高貴な主人をずいぶん待たせてしまったようで、黄丹がひどく怯えているのが伝わってくる。とはいえ、マリーとしてはこの日に会見の約束をした覚えはないし、いくら使用人とはいえ、休日に呼び出される理不尽《りふじん》というのは、考慮されないのだろうか。

雨林は扉の前で立ち止まり、マリーが中に入るのを見届けたが、歩み去る足音は聞こえない。兄皇子と永璘が密談を交わした日のように、表に立って見張りをしているのだろうか。

マリーが奥の間に足を踏み入れると、永璘は炕《かん》にも椅子にも腰かけず、胸の前に腕を組んで仁王立ちになっていた。

「東堂に行ったそうだな」

マリーが膝を折って拝礼する間もなく、永璘が詰問する。

怒っているようだが、何故なのかわからない。東堂に行ったことは何雨林から聞いたのだろう。雨林が迎えに出る前に永璘に報告したのか、たまたま永璘がマリーを呼び出そうとして、その所在を雨林に訊ねたのか。

何雨林に口止めしたわけでもないのだが、なんとなく釈然としない。マリーのすべての行動は、監視され報告されなくてはいけないのか。

マリーは丁寧に拝礼をすませてから、静かに答えた。

「聖ジョセフが祀られていると聞いたので、礼拝しなくてはと思いまして」

「嘘を言うな。何を探りに行った？　アミヨーに何を聞かされたのだ」

嘘と決めつけられて、マリーはカチンときた。

「キリスト教徒が教会に行って、何がおかしいのでしょうか。外国人の私には、信仰は許されていると、約束してくださいましたよね」

「許している。近くに北堂も南堂もあるというのに、わざわざ東堂まで行く理由は何だ」

「前から行ってみたかったんです。老爺も、パリにいたときは毎日違う画廊や宮殿を歩いた——お歩きになっておられたではありませんか」

永璘は口角をぎゅっと引いて、まなじりをつり上げた。あたりの空気がぐっと緊張する。マリーがアミヨーから借りていた本を手に取り、覆いをとってマリーに突きつけた。

「どこで手に入れた！　アミヨーか！」

殺気すら感じたマリーは、不遜な口答えをしたことで怒鳴られるかと、反射的に身をすくめる。

「はい。アミヨー神父にいろいろ訊きました。すみません。老爺がご自分の絵を燃やしてしまうのがとても悲しかったんです。お勤めが長くなるほど、老爺のお立場とかなんだかとっても複雑そうで、なんの助けにもならない私ごときが悩んでもどうにもなりませんが、せめてお好きな絵を好きなだけ描けたらいいのにと思うのに。老爺がどうしてご自分の絵を清国の人に見せてはいけないのか知りたくて、老爺が国王夫妻の絵を贈られたアミヨー神父さまなら、何かご存知かと思って相談したんです！」

マリーは立て板に水の如く、早口で白状した。永璘はマリーの変わり身の早さに唖然とする。マリーがあっさり白旗を振って降参したので、叱りつけようとした勢いを逸《そ》らされてしまったようだ。

「それに、老爺《ラオイエ》は話してくれないだけで、隠していたわけじゃないですよね。私に北堂へ絵を運ばせたり、目の前で絵を燃やしたり、絵を私以外の人間に見せられないと言いつつ、その理由は教えてくれない。これでは答えを自分で探せと、謎かけをされているも同然じゃないですか。老爺こそ、アミヨー神父さまとどういう関係なんですか！　ふたりとも思わせぶりな謎ばかり出して、私に何をさせたいんですか！」

逆に詰め寄られて、永璘はマリーを押し戻すように、両手を軽く上げる。

「落ち着け、マリー」

「落ち着きませんよ！　罪人みたいに轎《かご》に閉じ込めて護送させたりして、私の自尊心は粉々です！　皇子さまから見れば取るに足らないゴミみたいな存在かもしれませんが、庶民にだって、まっとうな人間として扱ってもらいたいという尊厳はあるんです。ちゃんと教えてくださるまでは落ち着けません！」

「わかった！　落ち着かなくていいから、とにかくそこへ座れ！　それから、大声を出すな」

マリーよりも声を荒らげて、永璘は炕《かん》を指さした。自分より目上の人間がいるときは、絶対に腰を下ろしてはいけない場所だ。そこに座る者は、永璘と対等な話し相手であるということだ。作法の指導が厳しくなってから、絶えてなかったことでもあった。

マリーはおとなしく炕に腰かけた。永璘は立ったままでマリーを見おろす。

「それで、東堂で何か見つかったか」

静かな声で、永璘が訊ねる。

「カスティリヨーネという画家の絵を、見せてもらいました。それから、ロドリーグ神父さまに、老爺が欧州に行った本当の目的を教えてもらいました」

永璘はふっと鼻を鳴らして笑った。

「十年前にたった一度話をしただけの宣教師に、私の考えや目的がどうしてわかるというのだ」

マリーはいぶかしげに顔を上げて、永璘の不機嫌な顔を見つめる。

「でも、そのためにポルトガルに渡ったのではありませんか。カスティリヨーネという画家が、洋華折衷の絵を描く前の作品を探すために？」

永璘は顔を背《そむ》けて手を上げ、うなじをポリポリと掻《か》いた。

「それはそうだが、くだらんことをよく覚えているものだ」

「それは、満洲旗人に固く禁じられたキリスト教の教会に、末の皇子が訪問されたら、聖職者としては強烈に覚えているものではありませんか」

永璘は「そういうものか」とつぶやくように応じる。

「それで、その二十五年も前に他界したというカスティリヨーネの何が、老爺《ラオイエ》を欧州まで駆り立てたんですか。あの、良かったら教えてください」

マリーは胸の前で両手を握りしめて、永璘に訴える。永璘は「好奇心は猫を殺すぞ」と苦笑する。

「だが、その好奇心のために、私も皇上のお怒り覚悟で欧州行きを申請したわけだが」

黙ってしまった永璘が言葉を選んでいるようなので、マリーは話の続きを息をひそめて待つ。永璘は炕《かん》の上の小卓を挟んで、マリーの隣に座った。永璘は小卓に肘をかけ、床を眺めてさらに考え込む。

「私は七歳のときに絵を描くことを禁じられて、一切の画材を取り上げられたが、理由は何も説明されなかった。ただ、取りなそうとしてくれた母上に、皇上が『世寧《せいねい》のような絵を描く』と仰せになったのを耳に挟んだ。母上というのは、穎《えい》妃ではなくご存命であった生母の令《れい》皇貴妃のことだ。それ以来、『世寧』が誰なのか、ずっと探してきた。そのうち、宮殿のあちこちに『郎世寧』の署名のある絵を見つけたのだが、自分の落書きとは似ても似つかぬ名画ばかりだ。むしろ、郎世寧のような絵が描けているのなら、褒められるべきだろうと、こっそりとまた絵を描き始めた。絵の具がなくても筆と紙があれば、絵は描ける。我が国には水墨画という画風もあるのだからな」

マリーのまぶたに、禁じられても、禁じられても絵を描き散らす少年の姿が思い描かれる。

「母上は、ご自分の書斎で絵を描かせてくれたが、『一番良い絵だけを残しましょうね』と仰せになって、ほとんどは焼き捨ててしまわれた。その、一番良い絵も、どこに隠されてしまったのか、薨去《こうきょ》なされたときに遺品を整理しても出てこなかった。恐らく、それらも処分されてしまったのだろう」

永璘は重いため息をついた。

「できるだけ、郎世寧とは違う画風で絵を描いていたのだが、穎妃の宮殿に移ってから描いていた絵を皇上に見つかってしまった。子どもであったし、不注意なところのある私は、自分の絵がどれだけ上達したか、皇上に知って欲しかったのだろう」

右手で頰や額を撫でる仕草に、当時の記憶をたどる永璘の動揺が見て取れる。

「記憶が薄れないうちにと、母上の肖像を描いた。自分でもよく描けたと思う。こっそり見せた近侍はそっくりに描けたと褒めてくれたし、穎妃はまるで生きているみたいだと驚きになった。皇上は母上をとても愛されておいでだった。毎日とてもお悲しみであったので、お慰《なぐさ》めに母上の肖像画を差し上げようとしたのだが、これが逆鱗《げきりん》に触れた」

「その絵は、どうなったのですか」

「さあ」

永璘はかぶりを振った。

「君命に反する禁忌《きんき》を犯したとひどく叱責されて、折檻《せっかん》されたあと、絵は没収になり二度と見ていない。処分されたのかどうかもわからない」

またゆっくりと深く息を吐く。

「それからしばらくは筆を執《と》らなかったのだが、季節が過ぎたある日、円明園を散策中に噴水を眺めていたところ、皇上とばったり行き会わせた。慌てて拝礼して下がろうとしたが呼び止められ、『この噴水は郎世寧が設計したのだ。知っていたか』とお訊ねになった。ああ、また郎世寧かと思ったのだが、知らないと申し上げた。円明園にある洋風の建築物や装飾は、ほとんど郎世寧の設計によるものだという。それから唐突に、『絵を描いてもいいが、清国人には決して見せてはいけない。そなたの描いた絵を見た者は死罪とする』と仰せになった。郎世寧とやらは、絵だけでなくからくり仕掛けのある噴水まで作るような、天才的な芸術家だったようだが、私の絵と何の関係があるのか、さっぱりわからない」

「郎世寧って、カスティリヨーネ助修士のことですね。東堂で見せてもらった絵と、老爺《ラオイエ》の絵が似ているとは思いませんでした」

「だろう⁉」

永璘は身を乗り出して断言した。

「私はその後もしばらくは、郎世寧が異国人の画家であったことも知らなかったのだからな！　私が生まれた年に他界していたのだから、そういう宮廷画家がいたのかと思っていた程度だ。だが、私が絵を描かせてもらえない理由が郎世寧にあるようなので、少しずつ調べていった。紫禁城や円明園にある郎世寧の絵も全部見た。とてもではないが、才能も技術も、素人《しろうと》の趣味描きとは比較にならない。似ないようにと努力すればするほど、だんだんと似ていく。当然だ。絵画の基礎と確立された技法には、一定の法則がある。やがてあきらめて手本にしていくうちに、あるとき郎世寧とは違う画風ができあがってきたことに気がついた。とはいえ、意見や指導を求めることのできる相手はどこにもいなかったから、自画自賛であったかもしれないが」

やがて永璘は成人し、封爵を得て後宮を出た。自分の王府を構え以前より自由に絵を描けるようになったが、自分の絵を見た者に累が及ばないよう、描いたものはそのたびに焼き捨てていた。

ある日、朝議を終えて紫禁城から退出した折に太液池《たいえきち》の畔《ほとり》を散策したくなり、風景の明媚《めいび》さに描画を始めた。描き終えた絵を乾かして折りたたもうとしたとき、風のために紙が舞い上がった。誰かに見つかったら一大事と追いかけたところに、西洋人の宣教師がいて、絵を拾い上げたのだという。

「それが、アミヨー神父さまだったのですか」

永璘は知らないことであったが、アミヨーの勤める北堂の近くで写生していたのだ。

「そうだ。私の絵を見て驚き、誰に習ったのかと訊かれた。通常、皇族と宣教師らとの接触は禁じられているので、あちらも慎重に距離をとるものだが、あのときの絵にはアミヨーにその一線を越えさせる何かがあったようだ。誰にも習っていない、素人の手習いだというと、なおさら驚いたようだ」

そのとき、清国人に見せることが禁じられているが、外国人ならば問題ないのでは、と永璘は思いついた。その走り描きの風景画をどう思うか意見を求め、率直な批評に満足した永璘は、それからも絵を見せに行った。

「かなり危ない橋を渡っていたのだが、絵と批評のやりとりについては、アミヨーが慎重であったお陰で露見せずにすんだ」

つまるところ、ロドリーグはなにも知らなかった。アミヨーは永璘と親しくしていたことを、同僚にも秘密にしていたのだ。アミヨーと少年の永璘との交流において、郎世寧とカスティリヨーネの話も出た。あれだけ郎世寧の作品に囲まれている乾隆帝が、なぜ息子がその画家と似た絵を描くのを厭《いと》うのか。少なくとも自分の絵と、宮殿に飾られている絵が似ているとは思えないことを、十五歳の永璘はアミヨーに訴えた。

アミヨーは『この絵を誰にも教えられずに描いたということが、皇上に不安なお気持ちを起こさせたのでしょう』と言って、中国人の画家が翻訳した透視図法の書籍『視学』を永璘に贈った。

「あ、そうですね。言われてみれば、老爺《ラオイエ》の絵はとても洋風です。私が中華の絵を見慣れていないから気がつかなかったんですが、老爺の絵には奥行きと立体感があって、私にはとてもしっくりきました。カスティリヨーネの絵が、華欧折衷だと言われる意味がやっとわかりました」

たくさんの東洋画を見たわけではないが、東洋の絵はどれだけ仔細に精密に描かれていても、どこか平面的であった。たとえば永璘の福晋たちの部屋に飾られている花鳥図など、きれいだが平坦で、西洋の画風とはまったく異なる。

「皇上は西洋の画風を嫌って、郎世寧に中華の画風を取り入れるよう強《し》いたという。だから陰影や立体感は曖昧になっていったが、透視図法は残した独特の画風になっていったのだろう。それでも郎世寧の絵は『だまし絵』とよばれて、知らずに見た者が、描かれた庭園に踏み込もうとして頭をぶつけるということが、後を絶たなかったという。いっぽう私の絵は、アミヨーに言わせると、欧州の画学生の描く絵を思わせるらしい。そこで、郎世寧の欧州当時の画風が残っている絵がないかと東堂に行ってみたのだが、無駄足だった」

「それで、十年もあきらめずに、ついに欧州へ旅立ったんですね」

「そういうわけだ」と永璘はうなずく。

「で、ポルトガルで出会えたんですか、若きカスティリヨーネの絵に」

「うむ。だが、やはり似ているとは思えなかった。ポルトガルからスペイン、フランスと回って多くの西洋画を見たが、私の絵はただ単に西洋画の描き方であったというだけだった。なぜそれが皇上の逆鱗に触れたのかは、わからずじまいだ」

「そうなんですか」

　永璘の語尾が下がり気味なので、マリーもつられて気落ちした相槌になる。永璘の話に聞き入っているうちに、無意識のうちに小卓の上に置いたマリーの手に、永璘の手が重なる。マリーは永璘の大きな手を見おろし、親指に嵌《は》められた軟玉の板指《バンジー》を見つめた。その温かさを感じつつ「老爺《ラオイエ》、そういうのはやめましょう」と注意する。

「だめか」

「だめです」

「十年越し、二十年越しの秘密を共有したというのに、つれないな」

永璘は重ねた手をさらに握り込む。マリーは振り払うことはしなかった。永璘の手は温かく、打ち明け話の緊張のせいだろう、少し湿っている。

「マリーは私が嫌いか」

「嫌いなわけないじゃないですか」

「では好きか」

「奥さんが三人もいて、庶民に手を出そうとか考えないでください。老爺のことは好きです。大好きです。生きている人間のなかでは、一番か二番で好きです。でも私は通りすがりの異国人ですよ。アミヨー神父と同じです。老爺の秘密に引き寄せられた、お悩みを少しでも軽くして差し上げたい、でも無力な外国人です」

「そうか」

永璘は淡く微笑する。マリーは握り込まれた自分の手に沁《し》みこんでくる永璘の体温に、動悸《どうき》が速まり体温が上がってくるのを自覚していた。

——私だって、年頃の女ですから。

マリーは唇を噛んだ。

異国の食べ物が口に合わないと癇癪《かんしゃく》を起こすし、兄には頭が上がらずペコペコするし、配慮が行き渡らなくて鈕祜祿《ニオフル》氏に苦労はさせているし、養母の言いなりで、ややこしいことはみんな妹に押しつける、苦労知らずのボンボンではあるが、天涯孤独になったマリーを、右も左もわからぬ港の埠頭に置き去りにしなかった。家族も婚約者も失ったマリーにとって、革命と暴動で荒れる祖国は、一度も行ったことのない異国と同じくらい危険で、生きづらい国となっていたのだから。

見捨てきれず、拾い上げた異国の少女の処遇に困って右往左往している永璘に、かえって好感を覚えてしまうマリーもいいかげんお人好しだ。

マリーの目頭が熱くなり、視界がぼやける。

「清国から追い出されない限りは、ずっと老爺が召し上がりたいお菓子を作り続けます。だから、お願いですから、もう絵を焼かないでください。みんな私にください。いつか王府をお暇《いとま》するときに、ヨーロッパへ持っていきます。あっちで画廊つきのパティスリーを開いて、老爺の絵を飾ります。一番素敵で、大事なのだけをとっておいて、あとは金持ちに売って、謎の東洋人画伯リンロンの絵をヨーロッパに広めるんですよ。老爺の絵は、百年でも千年でも残ります。私と老爺が出会って、ここで生きた日々も、ずっと残るんです。私はたくさんいるお部屋さまのひとりになるよりも、その方がずっと幸せです」

鼻声になるマリーの手をさらに握りしめて、永璘は「そうだな。それはいい考えだ」と言った。

菓子職人見習いのマリーと、穎《えい》妃の王府訪問

新膳房の完成を十日後に控えた初夏。

慶《けい》貝勒《ベイレ》府《ふ》は落成祝いの準備と、厨房の引っ越しに、慌ただしい空気にあふれていた。

マリーと鈕祜祿《ニオフル》氏は、李《り》膳房長と高厨師に導かれて、真新しい膳房に足を踏み入れた。鈕祜祿氏の東廂房《ひがしわきのや》と背中合わせの膳房は、何もかもが新しく、木の匂いも清々しい。いくつもならんだ竈、新しい鍋子《グオツ》や包丁など、厨師の使い慣れた私物以外は、新品の器具が並ぶ。

「しかも、広い」

マリーは感動して笑顔になる。

「これからは後院にいても、温かい食事がいただけるのですね」

鈕祜祿氏も嬉しそうだ。前院の仮住まいでも、できたての料理が食べられることにひどく感動していた鈕祜祿氏だ。

「でも、洋風の窯がありませんね。マリーの洋菓子はどこで焼くのですか」

　鈕祜祿氏が罪のない笑顔で訊ねると、李膳房長と高厨師は、額に汗を浮かべて返答に詰まる。

「は、窯用の煉瓦を積み上げると、かなりの場所を塞ぐことになりますので、こちらの膳房には窯を築かないことになりまして」

「まあ、残念。でもあの甘くて優しい匂いが、一日中わたくしの廂房《わきのや》に流れ込んできたら、いつも食べたくなって体に良くありませんものね」

　鈕祜祿氏は朗《ほが》らかに笑う。マリーも笑った。

　朝から膳房にいて、備品の目録を作っていた鄭凜華《ていりんか》が、親しみを込めた目礼をマリーと交わした。鄭凜華は朝廷から遣わされた、永璘の公私の秘書を務める年若く涼やかな容貌の官吏《かんり》だ。洋行に随伴したこともあり、マリーとは何雨林《かうりん》よりも親しく言葉を交わす間柄だ。

　鄭凜華は近づいてきた鈕祜祿氏に拝礼する。両手に筆記具を持っていたので、略式に片膝をつくだけで許された。それでも物腰は洗練されていて、お手本にしたい作法だ。

「お立ちなさい。竈の火入れの日取りは、決まりましたか」

「完成の三日後です」

「穎妃《えい》さまをお迎えするのに、間に合ってよかったです」

　膳房の設備と備品の目録作りなど、本来なら執事の仕事を鄭凜華が行っているのは、乾隆帝の第二妃を迎えるための準備を、もれなく確認するためである。

膝の調子が良くなってきたという穎妃は、皇帝のいる円明園へ出立する前に、永璘の王府と工芸菓子の見本となった杏花庵を見たいと所望したという。すでに花は散り、緑の葉の繁く揺れる風景へと変わっているが、初夏の西園を養母に見せたいと、永璘はとても張り切っている。

朝議から帰ると自ら西園に足を運び、庭師たちを督励《とくれい》して、花の植え替えや庭石の位置など、あれこれと口を出しているらしい。

マリーは膳房の見学を終えると、杏花庵に戻ってピエス・モンテの制作にふたたび力を注いだ。こんどのテーマは夏の杏樹林と田舎家だ。永璘が予《あらかじ》め四方から杏花庵を望む絵を描いてくれたので、全体像がつかみやすい。以前よりも効率よく組み立てることができる。もっとも、作るのが早くてすむのは、細々とした花を細工しなくてよいからというのもある。代わりに葉っぱの形をした飴を大量に作らなくてはならないが。また、華やかな色を添えるため、杏花庵の周りに植え替えさせた薔薇の生け垣を、シュクル・ティレ（引き飴）で再現する。

杏花庵の四季がそろうといいな、とマリーは思う。お菓子は食べてしまっても、永璘の絵が残る。毎年その絵を見る度に思い出すのだ。マリーが作ったピエス・モンテを、みんなで食べたことを。楽しかった記憶をたくさん抱えていれば、どこに行っても、ひとりになっても、くじけないで生きていける。

杏の樹に葉っぱを貼りつけていく、マリーは楽しくて仕方がない。黙々とピエス・モンテの制作に励んでいたマリーが、ふとひとの気配に顔を上げると、永璘が立っていた。

「ずいぶんと楽しそうに作るのだな」

マリーは笑顔で応える。

「楽しいですよ。老爺《ラオイエ》だって、お好きなことをなさっているときは、とっても楽しそうです」

「そうか」

永璘は手の甲で頬をこすって微笑した。

「蛋白杏仁軟餅《タンパイキョウニンナンペイ》は、たくさん作れそうか」

「マカロンなら、和孝公主さまがたくさんアーモンドを調達してくださったので、百人分できます。卵白を泡立てるのに、厨房じゅうの厨師の手が必要ですけど」

「泡立て器が足りるか」

永璘が苦笑交じりに問えば、マリーも微笑み返す。

「燕児と李兄弟が道具作りも手伝ってくれました。特別にご褒美をあげてください」

「わかった」

＊　＊　＊

穎《えい》妃が慶貝勒府《けいベイレふ》を訪れた日は、真っ青な空が初夏の到来を告げていた。

気温が上がって、飴が溶けないようにするのが大変で、和孝公主が手配してくれた氷が役に立った。大量に作ったマカロンも、氷を入れた器を下に並べて傷《いた》まない対策を立てることができた。

西園の池端には舞台が作られ、招かれた芸人や劇団が、さまざまな余興を尽くして、主人から末端の使用人まで一日中楽しませる。三人の妃は傘を立てたひとつの卓を囲んで日がな談笑し、公主は義祖母の機嫌をとるのに飽きて、芸人たちのあとを追い回すのに忙しい。子守の侍女が、点心も余興も楽しむ暇なく、公主のあとを追いかけてゆく。

誰も、マカロンが毒菓子疑惑のあった甜心《てんしん》だとは思わず、喜んで食べ、あっという間になくなってしまった。

そして、よく冷やしておいたマカロンは、穎《えい》妃のお気に召した。

「ひさしぶりに、ひとつの何かを食べ終えることができましたよ。この頃は、ひと口食べると、もう欲しくなくなって、空腹を覚えるということもなかったのですが」

あの塀と宮殿に囲まれた石畳の紫禁城から外へ出て、この開放的な西園でさまざまな娯楽を楽しんだから、お腹も空《す》いたのだろう。マリーはマカロンを褒められたことが嬉しくて、拝礼とともに謝辞を述べた。

そして、完成された膳房から次々と運ばれてくる宴会料理も、穎妃はいくつか手をつけ、気に入った料理を作った厨師にひとつひとつ褒美を賜《たまわ》った。

穎妃は扇を揺らして永璘を呼び寄せた。

「永璘、そなたの所望した甜心の準備ができたそうですが、そろそろ出させましょうか」

「お願いします」

永璘の満面に笑みに応えて、穎妃は近侍を使いに走らせた。

王府の厨師たちが引っ越して無人となった前院の厨房を、穎妃が後宮から連れてきた太監たちが早朝から占拠していた。その理由は永璘以外には誰にも知らされていなかったが、いまようやく明らかになるらしい。

厨房から大盆や大皿を捧げた太監が、行列を為して西園に入ってくるのを目敏《めざと》く見つけた李三が、マリーに耳打ちをした。

「甘い匂いがずっと漂ってきていたから、御膳房の甜心が作られているって、前院の使用人たちが噂してた」

「マリーの西洋菓子に張り合おうってことかな」

李二がにやにやしながら話に加わる。燕児が李二の頭をコツンと叩いてたしなめる。

「本物の宮廷甜心を、俺たちまで賜る機会なんてそうそうない。お妃さまの粋《いき》な計らいってもんだ。ありがたく拝領するんだぞ」

後宮の太監が盆の甜心を配りつつ、王府の人々の間をすり抜けるたびに歓声が上がる。マリーたちの前に白い甜心を積み上げた太監が来たときも、燕児たちはそろって驚きの声を上げた。

「龍鬚糖《ロンシュータン》だ！」

真綿を割いて丸めたような、空に漂う雲にも似てふわふわとした見た目の、真っ白なお菓子だ。

燕児の説明によると、龍鬚糖《ロンシユータン》とは飴の塊を蜘蛛《くも》の糸、あるいは蚕《かいこ》の繭《まゆ》を解《ほぐ》した真綿の糸のように細くなるまで、麵を作るように何度も何度も引き伸ばしてはひねることを繰り返した、真っ白な糸飴の塊で、落花生や胡麻の餡を包んだ菓子であるという。

打ち粉を吸い込んで咳き込みそうになりつつ、マリーは龍の鬚《ひげ》という名の飴菓子を口に入れる。ハリハリとも、ふわふわともつかない食感に驚いているうちに糸飴は溶けて消え、餡と飴が口の中で混ぜ合わさる。

飴を限界にまで引き伸ばして、これ以上はあり得ない繊細さまでに仕上げた中華甜心に、マリーは脱帽する思いだ。

「どうだ。龍鬚糖の味は」

四人の背後から声をかけたのは、王府の主たる永璘だった。

燕児と李兄弟は、龍鬚糖を喉に詰まらせそうになって咳き込みながら、慌てて地面に膝をついた。永璘はにこやかに「立ちなさい」と命じる。

「それほど珍しい甜心ではないが、一流の職人が作る龍鬚糖の風味は絶品だ。西洋の引き飴に優る飴菓子といえばこの龍鬚糖だろうと思い、以前からマリーに食べさせようと思っていた。機会があれば、学んで法国《フランス》に持ち帰るといい」

永璘がそう言うと、黄丹が点心局の人数分の龍鬚糖が盛られた皿を捧げて前に進み、マリーに手渡した。

謹慎処分を受けていたマリーが、永璘皇子に直々に声をかけられ、さらに皇帝の妃から贈られた甜心を賜るところを、王府じゅうの使用人たちが目にした。そして、近くにいた者たちは、マリーはいつか王府を去るであろうことを示唆する皇子の言葉を聞いた。

そのことにどういう意味があるのか、窺い知ることができた者は少なかったであろう。

やがて宴も果てるかというころ、穎妃は永璘に声をかけた。

「永璘、この宴は膳房の落成も兼ねていたのですね。厨師以下、皿洗いまで全員、ここにそろえさせなさい」

永璘の命を受けた執事は、李膳房長に穎妃の言葉を伝え、李膳房長は全員に号令をかけた。厨師から下働きまでが列を成して、西園へと行進する。かれらが穎妃のために造られた廂《ひさし》の前に進み出るとき、マリーはさりげなく李三のうしろについて、整列に加わった。

「慶貝勒府《けいベイレふ》に、このように優れた厨師がいることを、わたくしは喜ばしく思います。新膳房の落成の祝いに、特別に新しい膳房用の袍《パオ》を作らせました。ひとりひとり名を呼びますから、前に出て受け取りなさい。李膳房長」

膳房長は、青天の霹靂《へきれき》とも言うべき意外な褒美に、ぎくしゃくとした足取りで穎妃の前に出た。膳房長の新しい作業用の短袍《ダンパオ》には、衿《あわせ》と袖の折り返しに唐草模様の刺繍《ししゅう》が施《ほどこ》された色違いの共布が当てられていた。胸に近い衿部分には姓名まで刺繍してあった。

次に、各局の局長が呼ばれ、高厨師もかれの体形に合った膳房袍を受け取る。衿と袖の模様は膳房長のそれより簡素だが、やはり衿には姓名が入っていた。

各局の第二、第三厨師の名が呼ばれ、やがて調理助手と徒弟たちの名も呼ばれる。助手以下の袍の衿と袖には、無地の共布が付けられている。

李三が袍を受け取ると、次にマリーの名が呼ばれた。膳房の使用人たちの間にさざ波が起きたが、それはとても小さく、注意深く観察していないと読み取れない程度のものであった。マリーは何食わぬ顔をして袍を受け取り、衿に『趙瑪麗』の名が刺繍されているのを見て穎妃に礼をし、李三の横に戻る。高厨師の目元は笑っている。さりげなく視線を交わす燕児の口元も笑みをこらえている。李二と李三は満面に笑みを浮かべていた。王厨師は無表情であったが、殺気も嫌悪も漂わせてはいなかった。

衿と袖の折り返しに、色違いの共布が使われているのは徒弟までであった。下働きの作業着は、すべて同じ色の生地で仕立てられている。そして、厨房につとめている者は、皿洗いの小蓮にいたるまで、自分の名前の入った新品の袍を授かり、ふたたび列をなして膳房へと戻っていった。

「これでいいのですか、永璘」

かれらの背中を見送りつつ、穎妃が訊ねる。永璘が微笑んで応えた。

「あれが本人の望みですから、よいのですよ。ありがとうございます、母上。皇上の第二妃が認めたのですから、内からも外からも、もうどこからも文句は出ません。十五阿哥《あか》も、しばらくは静観でしょう。他家の台所まで首を突っ込んでいる余裕など、十五阿哥にはございませんでしょうし」

口の端をにっと上げて笑う。

「今年の夏は、熱河《ねっか》へも同行されるのですか、母上」

「どうかしら。膝と体調次第ですけど。あなたは皇上に喚《よ》ばれているの？」

「今年は留守居《るすい》役をお願いしたいですね。北京の夏は堪え難いですが、できたばかりの膳房を堪能しないまま主人が秋まで不在では、厨師たちをがっかりさせることでしょう」

永璘が養母の顔をのぞき込むようにして言うと、穎妃は鷹揚にうなずいた。

「では、そのように口添えしておきます。でも羽目を外してはなりませんよ。そなたは小心な割に、注意が欠けるところがありますからねぇ。心配です」

穎妃は嘆息とともに、最後のひと言を添えた。永璘は逆らわずに応える。

「肝に銘じておきます」

西園から見えなくなるひとの列の最後のあたりで、ひとりがふり返って膝を軽く折った。

黒褐色の髪が陽光を浴びて、明るい艶を跳ね返す。

永璘は洋風に手を上げて振りそうになるのをこらえ、見えないとわかっていて鷹揚にうなずき返した。

特別付録

親王殿下のパティシエールに出てきた宣教師たち
『乾隆帝伝』（後藤末雄著・国書刊行会）に準拠

ポルトガル伝導団

南堂（宣武門《せんぶもん》天主堂）
明《みん》末に神宗《しんそう》（万暦帝）がマテオ・リッチに賜った土地に、順治帝《じゅんちてい》がアダム・シャールに賜った土地を併せて教会を建築。
北京最古のカトリック教会

東堂（王府《おうふ》井《い》天主堂・聖惹瑟《じゃくしつ》堂）
聖ジョセフを祀《まつ》る。南堂に帰属する。順治帝より家屋を賜ったピュグリオとマラーゲンによって教会とする。

ジョセフ・カスティリヨーネ（ジョゼッペ・カスティリオーネ）　郎世寧《ろうせいねい》・惹瑟《じゃくしつ》
一六八八年七月十九日～一七六六年七月十七日　一七一五年八月、清国着　宮廷画師

アンドレ・ロドリーグ（アンドレ・ロドリゲス）　安国寧《あんこくねい》・永康《えいこう》
　一七五九年五月十三日清国着

フランス伝導団
　北堂（救世主教堂）
　一六九三年に、康熙帝《こうきてい》は瘧《おこり》を治したフランス人宣教師に西安門《せいあんもん》に教会を下賜し、
　勅令によりここに教会を建てる。

アミヨー（ジャン・ジョセフ＝マリー・アミオ）　銭徳明《せんとくみん》・惹瑟《じゃくしつ》
　一七一八年二月八日〜
　一七五〇年七月十二日、清国着

高類思《こうるいし》　一七三二年〜一七九二年　フランス留学帰りの中国人会士
楊徳望《ようとくぼう》　一七三三年〜　同右

ブールジョワ堂長（フランソワ・ブールジョワ）一七六七年、清国着
グーヴェヤ司教（ラザリスト会士・ポルトガル人）一七八五年、清国着

❀親王殿下のパティシエールの三巻までに出てきたお菓子

一巻

『中華風味のガレット』　バターの代わりにラードを使った小麦粉の焼き菓子　焼餅《シャオビン》又は煎餅。

『ウーブリ』　薄くて軽いワッフルの一種。円筒や円錐《えんすい》の形にして食べる。煎餅。

『カスタードクリーム（クレーム・パティシエール）』　牛乳と卵黄ベースのクリーム。

『コティニャック（木瓜琥珀羹《もっかこはくかん》）』　カリンを煮詰めて固めた冷菓。

『ビスキュイ・ア・ラ・キュイエール（雲彩蛋餅乾《ユンサイダンビーガン》）』　別々に泡立てた卵白と卵黄に砂糖と小麦粉を併せて焼き上げた、軽い歯触りのお菓子。

二巻

『元宵《げんしょう》』　元宵節（正月の最初の満月・旧暦一月十五日）に食べる餅菓子。胡桃《くるみ》や小豆《あずき》、胡麻《ごま》の餡に餅の粉をまぶして団子を作り、茹でて食べる。

『ガレット・デ・ロワ』　フランスの新年六日の公現祭で食べられるお菓子。折り込みパイ生地《きじ》にフランジパーヌ（アーモンドクリーム）を詰め、中にフェーブと呼ばれる陶製の小さな人形が入っている。

『椰蓉白天鵞《イエロンバイテイエンオ》』　刻んだココナッツに砂糖と卵、小麦粉を混ぜ込んだ餡を、澄麵皮に包んで白鳥の形に作り、蒸し上げた光沢のある半透明の宮廷点心。

『豌豆黄《えんとうこう》』　エンドウ豆を蒸して裏ごしし、砂糖と混ぜて練り上げた羊羹《ようかん》のような菓子。

『雲豆巻《うんとうまき》』　別々に蒸して裏ごしし、砂糖を混ぜた小豆と白インゲン豆を巻いた羊羹のような菓子。切り口が白と臙脂《えんじ》の如意《にょい》の形の模様となる。

『シュー・ア・ラ・クレーム（芙蓉奶油餡《ふようナイヨウあん》）』　現代日本でもお馴染みのシュークリーム。

『タルト・タイユヴァン』　タルト生地に甘く煮詰めたリンゴを並べ、季節の果実と乾果を詰めてスパイスを加え、パイの皮で蓋《ふた》をして焼いたタルトの一種。

『ミルフィーユ』　焼いたパイ皮とクリームを三層に重ねた菓子。

『タルムーズ』　パイ皮にフレッシュチーズ（作中ではフロマージュ・ブラン）と蜂蜜《はちみつ》を載せ、端を三角に折り上げて表面に卵液を塗り、きつね色に焼き上げた菓子。

『ガトー・オ・ショコラ』　チョコレートのスポンジケーキ

三巻

『薩其馬《サチマ》』　生地に牛乳を練り込んだ満洲族の揚げ菓子。

『クロワッサン（弧月奶油麵包《こげつナイヨウメンポウ》）』

『ピエス・モンテ』　工芸菓子。

『シュクレ・フィレ』　糸飴。

『シュクレ・ティレ』　引き飴。

『ヌガー・ド・モンテリマール』　刻んだ乾果や堅果を混ぜ込んだ練り飴。

『マカロン（蛋白杏仁軟餅《タンバイキョウニンナンベイ》）』アーモンド粉と泡立て卵白を円く成形して焼いた菓子。

『龍鬚糖《ロンシュータン》』　麵を伸ばすように、何回も引き伸ばしては捻り糸状にした餡で、餡を包んだ中華の宮廷菓子。

参考文献

『王のパティシエ』ピエール・リエナール、フランソワ・デュトゥ、クレール・オーゲル著　大森由紀子監修　塩谷祐人訳（白水社）
『乾隆帝伝』後藤末雄著（国書刊行会）
『食在宮廷《しょくはきゅうていにあり》』愛新覚羅浩著（学生社）
『中国くいしんぼう辞典』崔岱遠著　川浩二訳（みすず書房）
『お菓子でたどるフランス史』池上俊一著（岩波書店）
『紫禁城の黄昏』R・F・ジョンストン著　入江曜子／春名徹訳（岩波書店）

ハルキ文庫

し 14-3

親《しん》王《のう》殿《でん》下《か》のパティシエール❸ 紫《し》禁《きん》城《じょう》のフランス人《じん》

著者 篠《しの》原《はら》悠《ゆう》希《き》

2020年11月18日第一刷発行

発行者 角川春樹

発行所 株式会社角川春樹事務所
〒102-0074 東京都千代田区九段南2-1-30 イタリア文化会館

電話 03(3263)5247(編集)
03(3263)5881(営業)

印刷・製本 中央精版印刷株式会社

フォーマット・デザイン 芦澤泰偉
表紙イラストレーション 門坂 流

ISBN978-4-7584-4372-2 C0193 ©2020 Shinohara Yuki Printed in Japan
http://www.kadokawaharuki.co.jp/[営業]
fanmail@kadokawaharuki.co.jp[編集] ご意見・ご感想をお寄せください。